Bons baisers de partout
L'Opération Tupeutla – 3

ŒUVRES PRINCIPALES DE PIERRE DAC

Les Chansons de Pierre Dac, *1926-1938*
Ici Londres, Pierre Dac vous parle, *1945*
Malheur aux barbus, *1952-1953*
(*avec Francis Blanche*, 4 tomes)
Les Pédicures de l'âme, *1953*
Du côté d'ailleurs, *1953*
L'Os à Moelle (2 tomes), *1963*
Le Jour le plus c..., *1967*
Les Plombiers-Zingueurs, *1968*
Signé Furax, *1970-1976*
(*avec Francis Blanche*, 7 tomes)
Les Pensées, *1972*
Un Français libre à Londres en guerre, *1973*
Essais, maximes et conférences, *1978*
Dialogues en forme de tringle, *1981*
Les Petites Annonces de l'Os à Moelle
L'Os à Moelle (1938-1940), *1994*
Le Club des loufoques, *1994*
Y a du mou dans la corde à nœuds, *1995*
Dico franco-loufoque, *1995*
Arrière-pensées, *1996*
Bons baisers de partout
L'Opération Tupeutla – 1, *1999*
L'Opération Tupeutla – 2, *1999*

Biographie
Pierre Dac, mon maître soixante-trois, *1992*
par Jacques Pessis

Pierre Dac et Louis Rognoni

Bons baisers de partout

L'Opération Tupeutla – 3

Édition réalisée par Jacques Pessis

Librio

Texte intégral

*Résumé des deux premiers volumes**

Donc... Le colonel Hubert de Guerlasse, chef du SDUC (Service de Documentation unilatérale et de Contre-Espionnage) a lancé « Tupeutla », une opération tellement secrète qu'il se demande même, certains jours, s'il n'est pas en train de se cacher quelque chose... Il s'agit, en fait, de neutraliser ses ennemis en leur vendant de faux plans du Biglotron, mais en leur faisant croire qu'il s'agit des vrais...

Il confie cette mission ultra-confidentielle à Nicolas Leroidec, un ancien enclumier qui, d'Interlaken à Athènes en passant par Venise, va croiser, au péril de sa vie, le chemin d'autres espions sans scrupules, parmi lesquels Zorbec Legras et son adjoint, le non moins abominable Wilhelm Fermtag, la redoutable comtesse Wanda Vodkamilkévitch, veuve du général-comte Alexis Vodkamilkévitch, née Catherine Legrumeau, ainsi qu'un certain Xénophon Salingos, propriétaire du Kraddos Palace, à Athènes. Quand nous avons quitté nos héros, à la fin du deuxième volume, Zorbec et Fermtag tentaient de profiter de la tournée « Athènes by night » effectuée par les hommes du SDUC pour faire tomber le colonel de Guerlasse dans un piège et enlever, dans la foulée, le professeur Slalom Jérémie Ménerlache, l'inventeur du Biglotron...

* Ces aventures sont relatées dans *Bons Baisers de partout – L'Opération Tupeutla*, Volumes 1 et 2, Librio n°s 275 et 292.

Seizième épisode

Piège à l'Acropole et Virginie

Deux heures plus tard, Wilhelm Fermtag revenait, vêtu de l'habit qui, théoriquement, devait le rendre méconnaissable.

— Qu'est-ce que vous faites dans cet accoutrement ? glapit Zorbec Legras en découvrant son abominable adjoint avec un pantalon retenu par une épingle de nourrice et un habit dont les manches lui arrivaient aux coudes.

— Il n'est pas à ma taille, certes, mais les autres modèles présentaient un petit défaut dans l'épaule gauche, répondit Fermtag. L'important, c'est qu'avec ce déguisement je suis méconnaissable.

— On ne vous reconnaît pas, certes, mais pour ce qui est de passer inaperçu, c'est une autre affaire. Je ne vous parle même pas de votre coiffure...

— Vous m'aviez dit de choisir une perruque rousse...

— Elle est franchement rouge, de style Louis XIV. Le colonel de Guerlasse n'est pas toujours très physionomiste mais ça m'étonnerait qu'il ne vous remarque pas. Je ne vois qu'une solution : vous transformer en dame du vestiaire.

*

Quelques heures plus tard, le colonel et ses hommes, toujours accompagnés du guide Thrasi, contemplaient, sous le ciel nocturne étoilé de l'Hellade, un néon aussi polychrome que multicolore indiquant qu'ils se trouvaient devant un club à l'enseigne des *Douze Travaux d'Hercule*. Au moment où cette joyeuse bande s'apprêtait à franchir la porte d'entrée, une forme féminine se glissa près du chef du SDUC et lui susurra à l'oreille :

— Au lieu de vous amuser comme des touristes irresponsables, vous feriez mieux de vous inquiéter de savoir ce qu'est devenu Théodule Létendard...

C'est pourtant vrai ! Où est Théodule Létendard ? se dit le colonel, en se retournant pour se rendre compte que sa mystérieuse interlocutrice avait disparu. Il décida, sans plus attendre, d'envoyer les frères Fauderche sur ses traces, puis se dirigea vers les canapés où ses collaborateurs avaient déjà commandé une citerne d'ouzo. Ses yeux et ses oreilles furent alors attirés par une scène un peu trop intime à son goût : placé à côté de Mlle Troussecotte, le Pr Ménerlache caressait d'une main experte le genou de sa fidèle secrétaire.

— Je vous en prie, soyez plus discret et moins démonstratif, murmurait la jeune femme, visiblement outrée, mais seulement pour le principe.

— Savez-vous, Célestine, que je n'ai jamais rencontré de femme aussi fascinante que vous ?

— Professeur, à combien de femmes avez-vous tenu pareil langage ?

— À aucune, je le jure sur l'armature en fignabulose ignifugée du Biglotron. Vous me plaisez, Célestine. Je rêve de vous prouver l'ardeur de mes sentiments, ainsi que celle de ma papsouille à turole d'admission.

— Voulez-vous vous taire ! Vous me faites perdre la tête...

Le colonel ne put en écouter davantage. Un maître d'hôtel s'approcha de la table et lança :

— Y a-t-il parmi vous une personne qui réponde au nom, au titre et au grade de colonel Hubert de Guerlasse ?

— C'est moi, jeune homme.

— On m'a chargé de vous remettre cette enveloppe.

Le chef du SDUC s'empara de la missive, l'ouvrit et découvrit un message sibyllin :

... idée très curieuse que vous avez eue de faire surveiller Théodule Létendard par les frères Fauderche. Les activités des deux individus susnommés vous intéresseraient à plus d'un titre. Qu'attendez-vous pour les faire prendre en filature à leur tour ?

— Qui vous a remis cette lettre, demanda Hubert de Guerlasse au maître d'hôtel. Un homme ou une femme ?

— À cette heure et dans ce quartier, allez donc savoir !

— Merci. Pi R2, venez par ici, s'il vous plaît !

Le révérend père Paudemurge, très occupé à faire semblant d'éviter du regard le numéro de strip-tease se déroulant sur scène, sursauta mais obtempéra.

— Mon père, vous allez me surveiller B 12 et B 14, que je soupçonne de s'être gravement fourvoyés dans une mauvaise affaire !

— D'accord, mon colonel et fils. Où sont-ils ?

— Si je le savais, je ne vous enverrais pas à leur recherche !

*

À un bouchon de champagne du lieu où se déroulait la scène qui précède, se trouvait l'Acropole et Virginie, un club considéré à Athènes comme une filiale grecque des moines de Saint-Bernardin-de-Saint-Pierre. La joyeuse équipe secrète avait prévu d'y terminer la fête, mais un nouvel incident modifia ce plan. Appelé au téléphone, le colonel de Guerlasse entendit un correspondant anonyme lui signaler que le professeur Ménerlache risquait d'être enlevé dès son arrivée dans cette boîte de nuit.

— Changement de programme, annonça-t-il à Thrasi. Reconduisez les autres au Grand Hôtel des Thermopyles atomiques. Je vais aller seul faire un tour de reconnaissance à l'Acropole et Virginie...

*

Face à son invisible ennemi, le colonel de Guerlasse choisit d'adopter l'allure éméchée du joyeux fêtard. Il entra donc à l'Acropole et Virginie en chantant, haut, fort et faux :

— Tiens, voilà du boudin, voilà du boudin...

— Monsieur, nos entraîneuses sont parmi les plus jolies de toute la Péninsule ! s'exclama le patron, visiblement offusqué.

— Je vous rassure, monsieur, il n'était pas dans mon intention de les péninsulter. Auriez-vous l'obligeance de m'indiquer les toilettes ?

— C'est au fond à gauche, comme partout ailleurs !

Le chef du SDUC s'y rendit et comprit aussitôt que son correspondant n'avait pas menti. La dame du vestiaire à la perruque rouge vif d'époque Louis XIV arrangée en chignon portait en effet un monocle... Il s'éclipsa, avant même que l'abominable Wilhelm Fermtag ait remarqué sa présence.

*

Pendant ce temps, au bar du Grand Hôtel des Thermopyles atomiques, Slalom Jérémie Ménerlache s'était arrangé pour rester seul avec Mlle Troussecotte.

— Je n'en peux plus, murmura cette dernière en avalant, avec un verre d'eau de Lemnos, les deux comprimés d'aspirine que le barman venait de lui apporter.

— Je ne vous crois pas ! s'exclama le professeur. Votre teint n'a jamais été aussi éclatant, vos yeux aussi brillants, vos lèvres aussi attirantes, votre personne aussi séduisante...

— Je vous en prie, arrêtez !

— Impossible, Célestine. Vous me plaisez infiniment. Je vous désire au-delà de toute expression. Je vous veux toute à moi, rétive mais consentante, révoltée mais soumise. Je sens en vous une lascive qui bouillonne...

— Taisez-vous !

— Et pourquoi me tairais-je ? Je suis un homme qui vous aime comme un cylindre surcompressé. Je vous en conjure, finissons nos verres et allons dans votre chambre.

— Vous êtes fou, professeur !

— Oui ! De vous, passionnément et électroniquement ! Le noyau de mon désir est en pleine fission. Ce n'est plus du sang qui coule dans mes veines, mais de l'uranium. Suivez-moi, et vous connaîtrez l'extase nucléaire, à nulle autre pareille... Que me reprochez-vous, Célestine, pour ne pas accéder à mon vœu le plus cher ? Je vous déplais ?

— Non, au contraire...

— Ne suis-je pas beau, bien bâti, intelligent, génial, modeste ?...

— Si, bien sûr...

— Mon amour, vous connaissez l'étendue de mon pouvoir. Le monde moderne ne peut rien sans les savants. Pour cette raison, on me passe tous mes caprices, et j'obtiens tout ce que je veux. Or, il se trouve que je vous veux !

— Je vous en prie, professeur, tout cela a été si soudain ! Laissez-moi le temps de réfléchir, d'y voir clair en moi-même...

— Soit, j'y consens... parce que c'est vous. Il est actuellement quatre heures du matin. Je vous attends cet après-midi à 15 h 30 précises, chambre 608. Et je vous préviens, tendrement mais catégoriquement, que si vous ne venez pas, la France peut dire adieu au Biglotron.

— C'est du chantage, vous n'avez pas le droit !

— Le droit est toujours du côté de celui qui le prend. Mon amour, ma décision est irrévocable, vous tenez désormais le sort du Biglotron entre vos mains !

Dix-septième épisode

Le dilemme du colonel

4 h 10 sonnaient à l'horloge de Kyristos. Arpentant nerveusement la chambre 584, jouxtant la 586 où dormait le colonel, Célestine Troussecotte, pâle, les yeux cernés par l'angoisse, exhalait sa peine et sa perplexité en poussant devant elle, sur une table roulante, des soupirs à fendre un cornouiller centenaire.

— Le faire ou ne pas le faire, c'est là qu'est la question. Quelle décision dois-je prendre ? Cruelle incertitude ! Affreux dilemme ! Ah, que ne suis-je assise à l'ombre des forêts ou sous l'ormeau sacré des révélations spontanées ! Je ne vois qu'une solution. Lui seul peut m'aider à sortir de l'épais brouillard au sein duquel se débat ma pensée comme l'innocente et douce gazelle prise au piège. Le salut ne peut venir que de lui, puisque c'est un salut militaire.

La dévouée et, jusqu'ici, fidèle secrétaire s'enhardit alors à frapper à la porte de son très supérieur hiérarchique. Ce dernier, réveillé en sursaut, s'exclama, d'une voix encore endormie :

— Quoi ? Qu'est-ce que c'est ? De quoi s'agit-il ? Qui toque à mon huis à cette heure matinale ?

— C'est Célestine, mon colonel.

— Pour quelle raison troublez-vous ainsi mon sommeil ? Vous êtes malade ?

— Je le suis d'angoisse, et non de cheminée, comme j'aimerais à vous l'entendre dire en d'autres circonstances. Il faut que je vous parle.

— Mademoiselle Troussecotte, je dois me lever dans trois heures pour...

— Je vous en conjure à deux genoux, en regrettant de ne pas

en avoir trois pour rendre plus persuasive mon ardente supplication. Croyez-moi, il y va de mon honneur et du vôtre.

— C'est bon, le temps de passer une robe de chambre, et j'arrive.

*

Cinq minutes, douze secondes et deux dixièmes plus tard, le colonel de Guerlasse n'ignorait plus rien de la menace planant sur le Biglotron, donc sur la France... Il se mit, à son tour, à monologuer à voix basse :

— Par le cordonnier Pamphyle et l'artilleur de Metz réunis, quelle décision prendre ou ne pas prendre ? Quelle attitude adopter ? Dois-je rester dans l'alternative ou demeurer dans la stricte neutralité ? Dieu des armées et des services secrets, dictez-moi la conduite à suivre !

Il se tourna soudain vers sa dévouée secrétaire et, posant un genou à terre, laissa soudain parler son cœur :

— Ma très chère Célestine, vous savez à quel degré j'estime votre travail et votre dévouement. Vous n'ignorez pas non plus la nature des sentiments que vous m'inspirez.

— Oui, mon colonel, je le sais.

— À l'heure cruciale que nous sommes en train de vivre, au moment où nous nous débattons, vous et moi, dans un pot d'épaisse mélasse, je ne peux me retenir de passer aux tendres aveux : je vous aime, Célestine, profondément, intégralement et réglementairement.

— Moi aussi, mon colonel.

— Est-ce possible que vous, dont je pourrais être le père...

— Vous êtes déjà le père du régiment... Qu'est-ce qu'une différence d'âge à côté de votre courage, de votre force, et de votre puissance ! Vous avez le regard de l'aigle, la vitesse de la Jaguar décapotable, l'intelligence, la finesse et la subtilité du renard, la mémoire de l'éléphant et l'audace de la panthère noire. Et je suis persuadée que vous êtes toujours à la même hauteur que celle qui était la vôtre au temps où vous fréquentiez Le Panier Fleuri à Sidi Bel Abbes.

— À cet instant, Célestine, une ardeur nouvelle et un sang brûlant commencent à couler dans mes veines. En même temps, mon cœur saigne abondamment à la pensée de vous savoir entre les bras de ce bellâtre savant de malheur.

— Que dois-je faire ?

— Entre l'amour et le devoir, et quelle que puisse être la cruauté du choix, le chef du SDUC n'hésite pas une seconde.

— Dois-je comprendre que ?...

— Oui, Célestine. À quelle heure vous a-t-il donné rendez-vous ?

— À 15 h 30 précises.

— Allez-y à 15 h 23. C'est pour la France...

Dix-huitième épisode

Des Chinois pas catholiques

Pendant ce temps, dans l'une des soutes à bagages de *La Reine de Sabbagh*, Nicolas Leroidec reprenait enfin contact avec la réalité de notre monde.

Ma pauvre tronche ! se dit-il. Ça tape tellement fort dans ma tête que j'ai l'impression de me retrouver en plein championnat du monde des forgerons ! Où suis-je ? Ah, j'y suis... Pour y être, du reste, j'y suis bien, et on ne peut pas y être plus que je ne le suis... Par quel concours de circonstances me suis-je retrouvé à fond de cale ? Mystère, on verra plus tard... mon premier objectif, c'est de sortir d'ici. J'avais, dans ma poche, une lampe torche à acétylène, modèle breveté pour espions et spéléologues. Tiens, je n'ai plus de poches... Ce n'est pas étonnant, puisque je n'ai plus de pantalon. Je suis même nu comme Greta von Paraboum à la fin de son numéro de strip-tease au Crazy Horse. Ça va pas être simple de sortir d'ici sans me faire arrêter pour attentat à la pudeur. En Grèce, ce serait un comble !

L'agent Inter 18-29 tâtonna dans le noir et sentit qu'il se trouvait au milieu de plusieurs caisses. Avec sa poigne d'enclumier, il parvint à les ouvrir sans difficulté. Il constata qu'elles contenaient des statues, aussi nues que lui. Dans un moment de bref découragement il s'assit, le coude sur le genou et la tête sur le poing, dans la pose du *Penseur* de Rodin. Il réalisa qu'à l'intérieur de l'une de ces caisses, il avait aperçu l'original.

— J'y suis, maintenant ! s'exclama-t-il. Je suis au milieu de quelques chefs-d'œuvre de notre patrimoine, confiés à la Grèce le temps d'une exposition par notre ministre de la Culture !

Les voix, de plus en plus proches, de joyeux débardeurs interrompit ses déductions. Il comprit qu'il disposait seulement de quelques instants pour prendre la place du célèbre *Penseur* et refermer une caisse qui, sans aucun doute, s'apprêtait à être débarquée.

— Encore heureux qu'ils n'aient pas envoyé la *Vénus* de Milo ou *L'Angélus* de Millet, murmura-t-il. J'aurais eu fine allure !

*

Quelques heures plus tard, l'infortuné Leroidec se retrouvait sur un socle au centre de vastes hangars où l'on avait installé l'exposition française d'Athènes.

Si je tente de fuir, se dit-il, je vais me faire alpaguer comme un vulgaire satyre. Je suis pigeonné. Comme dirait le colonel, je suis le satyre au pigeon.

Si le véritable agent secret doit compter sur son courage et son esprit d'initiative, il faut bien qu'il soit, de temps à autre, servi par la chance. Ce fut, ce jour-là, le cas. Soucieux d'occuper son esprit au moment d'une épreuve particulièrement difficile évoquée dans le chapitre précédent, le colonel visitait l'exposition, en compagnie de l'adjudant Tifrisse. En découvrant l'agent Inter 18-29, le chef du SDUC ne put s'empêcher de s'exclamer, le souffle coupé par la surprise :

— Leroidec, vous pensez trop !

— Bien obligé, mon colonel.

— Ce n'est pas dans les statuts des agents du SDUC. Vous comptez rester longtemps dans cette position ?

— Si vous me prêtez votre pantalon, je m'en vais tout de suite !

— Vous êtes culotté !

— Justement pas, mon colonel.

— Nous allons essayer d'arranger ça. Tifrisse, déshabillez-vous et donnez vos vêtements à ce malheureux Leroidec. Vous prendrez ensuite sa place.

— À vos ordres, mon colonel. Est-ce que je peux garder mes chaussettes ?

— Pas question !

— Oh, vous êtes dur avec moi ! Vous dites ça parce que je suis né à la Guadeloupe ! Vous êtes comme les autres, vous en voulez toujours à la dignité du pauvre nègre. Vous savez, il y a longtemps qu'on ne marche plus les pieds nus comme des esclaves…

— Silence, Tifrisse ! Prenez la pose avant l'arrivée des prochains visiteurs. Vous ne devez vous faire remarquer sous aucun prétexte !

— Si ça ne vous dérange pas, j'aimerais mieux faire le discobole.

— Je vous en prie, ne compliquez pas la situation. Je vais donner l'ordre au révérend père Paudemurge de venir vous relever de votre faction. Vous tiendrez aisément à deux dans sa soutane !

*

Du côté de Zorbec Legras et Wilhelm Fermtag, la situation n'était pas plus brillante.

— Mon petit Wilhelm, je suis sûr que dès qu'il vous a aperçu déguisé en dame du vestiaire, le colonel vous a reconnu.

— Impossible, Zorbec, nous avons été dénoncés !

— Peu importe. Fermtag, remerciez le ciel de vous être associé à un cerveau tel que le mien. Il vient de me venir une idée... je ne dirais pas géniale, car le mot serait trop faible.

— *Ach !* Toujours votre insupportable vanité !

*

Le colonel avait raccompagné Nicolas Leroidec au Pirée, d'où il devait s'embarquer à bord de *La Reine de Sabbagh*, afin de poursuivre sa croisière. Déambulant mélancoliquement le long du quai en songeant au sacrifice que sa chère Célestine s'apprêtait à faire pour la France, il aperçut soudain le révérend père Paudemurge, dont le visage laissait penser qu'il avait terminé la nuit en forçant un peu sur l'ouzo.

— Agent Pi R2, je vous serais reconnaissant de rédiger sur papier pelure en douze exemplaires, en code et à l'encre sympathique, le compte rendu détaillé de vos frasques vespérales.

— Je m'y engage, mon colonel et fils. Ce sera, en quelque sorte, ma confession.

— Pour l'instant, je vous confie une tâche plus urgente. Allez immédiatement à l'exposition française. Au centre du hall, vous remarquerez un Penseur de Rodin qui ressemble bougrement à l'adjudant Tifrisse. Et pour cause : c'est lui ! Dès votre arrivée, il se glissera sous votre soutane. Ainsi protégé des regards indiscrets, vous le reconduirez à sa chambre d'hôtel...

*

Ce qui fut ordonné fut fait. Pendant ce temps, Zorbec Legras expliquait à son abominable adjoint son plan « génial » pour enlever le professeur.

— Mon petit Wilhelm, connaissez-vous Simone Alloilpé ?
— Je n'ai pas cet honneur.
— C'est une grande artiste de classe internationale : la seule strip-teaseuse pour camp de nudistes… la clientèle la plus difficile du monde. Elle exécute un numéro de strip-tease à l'envers extrêmement complexe et unique au monde. Je l'ai découverte l'an dernier, aux îles du Levant. Elle arrive entièrement nue et on la prend donc pour une banale spectatrice. Et puis, tout à coup, les projecteurs se braquent sur elle. Au rythme de l'orchestre, elle commence à s'habiller avec une lenteur qui vous donne des frissons que votre petite cervelle prussienne est incapable d'imaginer. À la fin, quand elle enfile un passe-montagne par-dessus sa canadienne, c'est du délire dans la salle. Le professeur appréciera sûrement. Ensuite, comme il est beau garçon, Simone Alloilpé n'aura certainement rien à lui refuser. Galant, il lui offrira une boisson alcoolisée et se servira ensuite un verre dans lequel sa compagne d'un moment aura glissé le contenu d'un flacon qui devrait lui permettre de s'endormir aussitôt, pour un long moment… Et c'est à ce moment-là que nous interviendrons, mon bon Fermtag !

⁂

Une heure plus tard, ayant touché un chèque conséquent en guise d'à-valoir sur ses futurs émoluments, Simone Alloilpé s'installait confortablement au fond d'une malle-cabine destinée à être livrée au Grand Hôtel des Thermopyles atomiques, où se trouvait le professeur.
— Votre plan est habile, Zorbec. Mais qui va porter ce bagage ?
— Nous, Fermtag !
— Vous n'y pensez pas ! Nous avons toutes les chances de croiser des agents du SDUC dans le hall, et ils nous reconnaîtront tout de suite.
— Vous, Fermtag, je ne sais pas. Mais moi, oui. Je me flatte d'être l'agent secret le plus connu d'Europe.
— Vous avez là la preuve, Zorbec, que la vanité peut vous jouer de vilains tours.
— Ne vous inquiétez pas, j'ai pensé à tout. Nous allons nous déguiser. Que dites-vous de ceci ?
— Je trouve que ce sont des costumes bien chauds pour la saison.
— Et pour cause, ce sont des bleus de chauffe. Ces vêtements sont d'origine chinoise et nous permettront de passer incognito.

— Vous êtes fou, Zorbec. Vous pensez sérieusement qu'un hôtelier athénien ne sera pas étonné de voir débarquer des touristes chinois ?

— Petite tête de linotte prussienne ! Combien de fois faudra-t-il vous répéter que Zorbec pense à tout ! J'ai lu dans un journal que la troupe du Cirque de Pékin arrivait cet après-midi à Athènes. Avec notre malle que personne n'aura le droit d'ouvrir, car nous sommes des illusionnistes, nous entrerons sans encombre au Grand Hôtel des Thermopyles atomiques. Même si nous croisons le colonel dans le hall, il ne nous reconnaîtra pas.

*

Et c'est effectivement ce qui se produisit. Le chef du SDUC, qui, depuis 15 h 23, regardait de plus en plus mélancoliquement son bracelet-montre, vit passer les deux artistes et se dit simplement : Tiens, des Chinois !

S'adressant à l'un d'entre eux, il lança spontanément :

— Ainsi, monsieur, vous êtes chinois ?

— *Jawohl. Ich auch*, lui répondit son interlocuteur…

*

Au même moment, à bord de *La Reine de Sabbagh*, Otto von Pilsenschnaps sortait de la cabine n° 1 sans parvenir à dissimuler un long bâillement.

— Alors, monsieur von Pilsenschnaps, rien de tel qu'un petit roupillon pour se remettre d'aplomb !

— Quelle heure est-il ?

— Entre moins vingt-cinq et moins vingt.

— De quelle heure ?

— Je ne sais pas : j'ai perdu la petite aiguille.

— Nous n'allons donc pas tarder à toucher le quai du Pirée.

— Parlons plutôt du quai de la Râpée.

— Que voulez-vous dire ?

— Tout simplement que, pour le Pirée, c'est râpé ! Nous sommes en pleine mer et voguons actuellement vers Alexandrie.

— Quoi ! Cela veut dire que j'aurais dormi pendant tout le temps de l'escale ?

— Probablement.

— Nous aurions donc été drogués, et le professeur en a profité pour s'échapper. C'est très ennuyeux, ça ! Quand la comtesse va se réveiller à son tour, elle va être furieuse. Je risque de perdre ma situation. Il faut que vous m'aidiez !

— Combien ? répliqua aussitôt Nicolas Leroidec.

Pour la réussite de l'opération Tupeutla, et bien qu'il en coûtât à sa foncière honnêteté, l'agent Inter 18-29 devait en effet accréditer chez ses ennemis la légende de sa vénalité.

— Je vous donne ce que vous voudrez, répondit Pilsenschnaps du tac au tac. Quand la comtesse se réveillera, vous lui direz que le professeur est sur le pont promenade.

— Et si elle se rend sur le pont ?

— Vous lui direz que le professeur est au bar.

— Et si elle va au bar ?

— Vous lui direz qu'il est au salon.

— Et si elle va au salon ?

— Vous lui direz qu'il est sur le pont promenade.

— Ça peut durer longtemps comme ça !

— Le plus longtemps possible ! J'aime mieux ne pas penser à ce qui va m'arriver quand la comtesse comprendra que le professeur nous a échappé !

Dix-neuvième épisode

Patros n'en faut

Au Grand Hôtel des Thermopyles atomiques, dans la chambre voisine de celle du professeur Ménerlache, Simone Alloilpé était sortie de sa malle pour passer sa tenue de travail, donc, se déshabiller. Puis, enjambant le balcon avec pour tout bagage un sac dans lequel se trouvait un puissant narcotique, elle avait commencé à déambuler devant une fenêtre derrière laquelle l'inventeur du Biglotron et Mlle Troussecotte achevaient le tête-à-tête qui coûtait tant au colonel. Apercevant la charmante créature qui, dans sa tenue d'Ève, risquait de prendre froid, le savant – obsédé sexuel, mais galant – renvoya, rapidement mais tendrement, la secrétaire du chef du SDUC avant d'ouvrir, à deux battants, la porte du balcon et ses bras à cette divine créature semblant tomber du ciel, comme par miracle.

⁂

Quelques étages plus bas, dans le hall, le colonel de Guerlasse faisait signe au révérend père Paudemurge de venir s'asseoir à côté de lui. L'homme d'Église, en collaborateur dévoué, ne manqua pas de lui obéir.

— Mon révérend père, j'ai remarqué tout à l'heure et à cet endroit même deux Chinois qui ne me paraissent pas très catholiques. Depuis, j'ai découvert qu'ils occupaient une chambre contiguë à celle du professeur Ménerlache. Il nous faut donc ouvrir l'œil, et le bon.

⁂

Dans la chambre précitée, Simone Alloilpé avait fini par revenir, visiblement ravie d'avoir rencontré un homme, selon ses propres termes, « plutôt bien fait de sa personne ».

— Avez-vous versé le narcotique dans son whisky ? lui demanda Zorbec, visiblement peu préoccupé par le coup de cœur de la strip-teaseuse.

— Naturellement. Sinon, comment voudriez-vous qu'il dorme ?

Pendant que Wilhelm Fermtag rédigeait un chèque à l'ordre de Simone Alloilpé, Zorbec enjamba à son tour le balcon, entra dans la chambre du professeur et ne put dissimuler un sourire de satisfaction.

— Comme le dit l'expression française : « Il dort comme un coûteux urbain » ! s'exclama Fermtag en pénétrant à son tour dans la pièce.

— Vous ne vous êtes pas trompé un petit peu, Fermtag ?

— *Ach*, vous avez raison ! Je voulais dire : il dort comme un cher urbain !

— C'est bien ce que j'avais compris. Maintenant, au travail ! Il faut le ramener de l'autre côté pour l'installer dans la malle. Allons-y... Oh ! Je n'aurais jamais pensé que la science contemporaine pesait d'un tel poids sur la destinée des pauvres humains que nous sommes !

*

Quelques instants plus tard, le professeur, toujours aussi profondément endormi, se retrouvait confortablement installé au fond de la malle-cabine climatisée, avec direction assistée, appartenant aux deux abominables personnages.

— Qu'allons-nous faire de cette malle, Zorbec ?

— Nous allons demander aux employés de l'hôtel de l'expédier à une adresse que je n'ai pas l'intention de vous révéler pour l'instant. À cause de votre stupidité, le colonel se doute certainement de quelque chose et va finir par se mettre à la recherche du drôle de Chinois que vous êtes. Nous ne pouvons donc rester ici plus longtemps.

*

Dès qu'il aperçut derechef les deux Chinois dans le hall de l'hôtel, le colonel donna de nouvelles instructions au révérend père Paudemurge :

— Allez bavarder avec eux, occupez-les pendant que je visite leur chambre, en compagnie de l'adjudant Tifrisse.

— Il y a un problème, mon colonel et fils : je ne parle pas le chinois.

— Comme ils ne parlent pas le français, vous êtes faits pour vous entendre. Débrouillez-vous !

*

Le révérend père Paudemurge s'approcha des deux Fils du Ciel qui, le reconnaissant, l'accueillirent avec un sourire jaune qui en disait long. Pendant ce temps, le colonel se dirigeait vers la chambre de ces étranges touristes, accompagné par l'adjudant Tifrisse qui ne put s'empêcher de s'exclamer :

— Ces Chinois, quand même, quels drôles de gens !

— Ne soyez pas raciste, Tifrisse, je vous en prie.

— Je ne suis pas raciste, mon colonel, mais vous direz ce que vous voudrez, ce ne sont pas des gens comme vous et moi. Je veux pas dire que ce sont des animaux, mais c'est peut-être pas des êtres humains. Vous savez, mon colonel, chez nous, à la Guadeloupe, personne n'est raciste. On aime tout le monde, sauf les Chinois, bien entendu... et les Blancs, qu'on n'apprécie pas tellement parce qu'ils sont prétentieux. Moi non plus, je suis pas raciste, et on voit bien que c'est parce que je suis de la Guadeloupe que vous dites ça, mon colonel !

— Tifrisse, taisez-vous, vous me fatiguez !

— À vos ordres, mon colonel, je me tais.

*

Les deux hommes pénétrèrent sans difficulté dans la chambre occupée par les deux Chinois, et Tifrisse entreprit de forcer la malle à l'aide de son épingle de cravate. Malheureusement, il la cassa dans la serrure et songea, un temps, à ouvrir à coups de hache. Le colonel l'en dissuada :

— Si vous faites ça, Tifrisse, les propriétaires risquent de s'en apercevoir.

— Ça tombe bien, je n'ai pas de hache. Si vous le permettez, mon colonel, je vais vous emprunter votre épingle de sûreté nationale. Je devrais pouvoir m'en sortir avec ça.

Quelques secondes plus tard, il venait effectivement à bout de la serrure récalcitrante et, soulevant le couvercle, ne pouvait s'empêcher de s'exclamer :

— Il est plutôt bien fait de sa personne, le professeur !

— Taisez-vous, Tifrisse, et refermez cette malle, ordonna le colonel.

— Vous voulez laisser le professeur là-dedans ? Il risque pas de s'étouffer ?

— Tifrisse, quand je donne un ordre, c'est qu'il est motivé par des raisons qui le justifient. Et si je ne faisais pas taire la somme des rancœurs qui m'étreignent, j'en arriverais à souhaiter que votre crainte de le voir manquer d'air devienne réalité. Ça n'arrivera pas, puisque cette malle est équipée, de toute évidence, d'un système d'air inconditionnellement conditionné. Nous allons donc la faire transporter jusqu'au Pirée et la faire embarquer à bord de l'escorteur de mines *La Vigoureuse*, battant pavillon de banlieue aux couleurs nationales.

— À vos ordres, mon colonel !

*

Pendant ce temps, dans une taverne voisine du Grand Hôtel des Thermopyles atomiques, le révérend père Paudemurge découvrait, à sa grande surprise, qu'après avoir vidé un certain nombre de bouteilles de l'excellent vin de Patros, il comprenait le chinois parlé par les deux Fils du Ciel. Et pour cause : ces derniers, également sous l'influence du jus de la treille locale, s'exprimaient maintenant dans un excellent français.

Je ne suis pas du tout de l'avis du colonel quand il dit : « Patros n'en faut », se dit-il entre deux rasades. Il en faut, au contraire de plus en plus.

Et il fallut beaucoup d'hectolitres pour envoyer Pi R2 faire un tour du côté des vignes du Seigneur. Après avoir vérifié la réalité des sommeils éthyliques de l'agent du SDUC, Zorbec Legras et Wilhelm Fermtag s'éclipsèrent sur la pointe des pieds.

*

Pendant ce temps-là, sur le pont supérieur de *La Reine de Sabbagh*, Nicolas Leroidec croisait la belle et capiteuse comtesse Wanda Vodkamilkévitch. Il la salua, et elle fit naturellement celle qui ne le reconnaissait pas.

— Souvenez-vous, comtesse ! Nous avons dansé ensemble au bal costumé que vous avez donné à Venise.

— C'est vrai ! Où avais-je la tête ?

— Sur les plus belles épaules du monde, comtesse.

— Flatteur, va !

— Non, simplement observateur.

— Mais dites-moi, monsieur Leroidec, vous ne deviez pas veiller à notre sécurité ?

— Si, mais par erreur. Quand je suis monté à bord de ce bateau, votre majordome, Otto von Pilsenschnaps, m'a pris pour un garde du corps. Notez bien que si ç'avait été pour entrer à votre service exclusif, je n'aurais probablement pas dit non.

— Vous n'allez pas me dire que vous êtes comme tous les autres !

— Je ne sais pas. Comment sont-ils, les autres ?

— C'est simple, monsieur Leroidec : ils me désirent tous.

— C'est plutôt flatteur.

— Je ne suis pas sensible à la flatterie.

— À quoi êtes-vous sensible, alors ?

— Si je vous le dis, je vais vous priver du plaisir de la découverte…

— Encore faut-il, chère comtesse, que vous me laissiez jouer les explorateurs. Allons-y cartes sur table, voulez-vous ? Je sais qui vous êtes, et vous ne savez pas encore qui je suis.

— C'est le sort commun aux gens célèbres.

— Vous avez pris le risque considérable d'enlever le professeur Ménerlache…

— Vous semblez bien renseigné, mon jeune ami.

— Encore plus que vous ne pouvez l'imaginer. Savez-vous, comtesse, que le professeur a versé du narcotique dans votre whisky, juste avant l'arrivée au Pirée, et qu'il se trouve maintenant à Athènes ?

— Qu'est-ce que vous dites ? hurla la comtesse.

— C'est pourtant clair. Maintenant, si vous voulez avoir le Biglotron, vous êtes obligée d'en passer par les conditions que je voudrai bien vous accorder.

— À votre œil lubrique, monsieur Leroidec, il est facile de deviner ces conditions. Nous en reparlerons plus tard. Pour l'instant, j'ai l'intention de régler son compte à M. Otto von Pilsenschnaps. Allez me le chercher.

— Inutile, le voici qui s'avance.

— J'ai l'impression qu'il s'est beaucoup trop avancé pour pouvoir reculer…

Interrogé par la comtesse sur le lieu où pouvait se trouver le professeur, le majordome répondit, sans ciller, qu'il était actuellement au bar, entre deux jolies filles.

— D'ailleurs, je crois que Monsieur l'a aperçu aussi, ajouta-t-il en désignant Nicolas.

Ce dernier répliqua aussitôt :

— Dites donc, mon vieux, vous seriez bien gentil de ne pas me mettre dans le coup.

— Mais enfin, Leroidec, il était pourtant convenu que...

— Vous m'aviez demandé de vous aider à mentir en affirmant à la comtesse que le professeur était encore sur *La Reine de Sabbagh*. Or, cela est faux. Inutile de vous fatiguer, Pilsenschnaps, je viens de dire toute la vérité...

— Si je comprends bien, monsieur Leroidec, vous m'avez trahi.

— Sachez que je suis traître de nature. La trahison a, pour moi, des délices à nulles autres pareilles. Je trahis comme d'autres respirent. On ne se refait pas, c'est ma nature...

La comtesse, blême, les dents serrées, tendit à son majordome une pastille de cyanure. Celui-ci la refusa poliment :

— Vous savez bien qu'avec mon ulcère à l'estomac...

— Vous n'allez pas faire le difficile, Pilsenschnaps. Vous savez mieux que personne ce qui arrive aux membres de notre organisation qui deviennent inutiles...

— Ils disparaissent.

— C'est exactement ce qui va vous arriver.

— Vous allez bien me laisser fumer une dernière cigarette, murmura Otto von Pilsenschnaps, visiblement dépassé par les événements.

— Oui, bien sûr, nous sommes des êtres humains, répondit Wanda en lui tendant un briquet d'où jaillit une flamme, suivie d'une brève détonation.

Le majordome tomba raide mort. Avant de le balancer pardessus bord, elle lança au corps sans vie :

— La prochaine fois, monsieur von Pilsenschnaps, souvenez-vous que le mensonge est un bien vilain défaut... Et maintenant que nous sommes seuls, mon cher Nicolas, que diriez-vous d'aller boire un verre dans ma cabine ? Je crois que nous avons des tas de choses à nous dire.

— On pourrait aller au bar, ce serait plus pratique.

— Et la discrétion, mon ami ? Nous ne pouvons tout de même pas échanger notre microfilm devant tout le monde ?

— Vous avez peut-être raison, comtesse...

Vingtième épisode

Les gars de la marine auvergnate

Sur la route du Pirée, dans la voiture réquisitionnée pour conduire le professeur Ménerlache à bord de *La Vigoureuse*, le colonel retrouva sa secrétaire, qu'il croyait fidèle. Pendant de longues minutes, il ne dit pas un mot. Gênée, Célestine Troussecotte tenta de rompre ce silence dont elle devinait la cause :

— À quoi pensez-vous, cher Hubert ?

— Je vous en prie, mademoiselle Troussecotte, appelez-moi par mon grade, et ne dites plus « mon colonel », mais « colonel ».

— Pourquoi ? Vous n'êtes plus *mon* colonel ?

— Dans le service, uniquement, exclusivement et réglementairement.

— Mais mon colonel d'Hubert...

— Il n'y a pas plus de colonel d'Hubert que d'Hubert de cacao dans un suppositoire à la nitroglycérine. Si vous croyez que je ne devine pas ce qui se passe dans votre petite tête d'infidèle... Je vois passer dans vos yeux comme un regard de regret de je ne sais que trop de quoi je parle...

— Mon colonel, vous m'insultez !

— Si la vérité est une insulte, alors il en est ainsi. Encore que je ne voie pas ce que mes propos ont d'insultant, et surtout pas insultant du Maroc !

— Je vous retrouve enfin, mon colonel !

— Ça, c'est vrai ! Vous me retrouvez, mais dans quel état : l'amertume dans le cœur et son goût dans la bouche, le désespoir dans l'âme et les pieds douloureux parce que gonflés par la chaleur de mon ressentiment.

— Mon colonel, si vous vouliez vous calmer un instant, je me permettrais de vous rappeler que je n'ai fait, à mon corps défendant, que respecter vos ordres. Par amour pour vous, et pour celui de la patrie.

Le colonel encaissa le coup et demeura à nouveau silencieux pendant un très long moment. Il hésita, puis dit, d'une traite, sans respirer :

— Mademoiselle Troussecotte, aussi vrai que le remords n'est pas l'exclusivité des pilotes maladroits de remorqueurs, je vous prie de croire à la sincérité des miens, en même temps que le renouvellement de ma considération distinguée.

Émue par la franchise de son supérieur et amant, Célestine Troussecotte se mit soudain à exprimer ses sentiments dans un style très différent de celui qu'elle employait au SDUC quand il s'agissait d'envoyer un message codé…

— Je devrais, en mon âme esseulée et meurtrie,
Par tant de cruauté et d'injustes propos
Les repousser en bloc, douloureuse et flétrie,
En martyre incomprise, mais l'esprit en repos,
Se sachant innocente de ce dont on l'accuse.
Mais mon cœur est trop tendre, trop pur est mon amour
Pour demeurer ainsi insensible et confuse.
Aussi, je les accepte, non pourtant sans humour.

Le colonel ne voulut pas être en reste et enchaîna :

— Mademoiselle Troussecotte, si je n'étais ainsi,
Fort inconfortablement sur cette malle assis,
Je baiserais vos pieds et vos doigts mêmement,
En oubliant celui qui en a fait autant…

Pour conclure, il proposa à Célestine de l'embrasser, non comme un père à sa fille, mais comme un homme épris de celle qu'il aime et qu'il admire.

— Cher colonel Hubert, s'exclama Célestine, à nouveau souriante, mes lèvres sont à vous, comme l'huile d'olive est à la salade niçoise !…

*

La voiture du colonel s'arrêta au pied de *La Vigoureuse* et le colonel monta à bord rejoindre le lieutenant de vaisseau Casimir Chtefoula, qui l'attendait au garde-à-vous, honorifiquement, protocolairement et respectueusement.

— Naturellement, vous êtes breton, lança le chef du SDUC au commandant de l'escorteur de mines.

— Pas exactement, mon colonel, je suis d'Aurillac. Tout l'équipage est auvergnat et, personnellement, je sors de l'école navale du Cantal.

— Par exemple ! s'exclama le colonel. Moi qui, par profession, n'ignore rien de ce que je connais, je n'étais pas au courant de l'existence de cette école. Il y a donc une marine nationale auvergnate !

— Plus exactement, mon colonel, c'est une marine nationale parallèle.

— Il est vrai qu'en tant que chef d'un service secret, je suis beaucoup plus au courant des choses confidentielles que celles d'actes de notoriété publique.

Le colonel regarda autour de lui et, s'adressant encore une fois au lieutenant de vaisseau Casimir Chtefoula, s'exclama :

— Il n'a pas l'air de dater d'hier, votre navire !

— Non, mon colonel, étant donné qu'il est d'époque. C'est un ancien bateau américain à aubes, qui remontait le Mississippi en même temps qu'il remonte à un temps plus que certain. Il a été acheté par la France pour une bouchée de pain d'épice, à la Foire du Trône organisée du 7 au 22 août 1830, à l'occasion de l'accession au sien, par Louis-Philippe Ier. Il fut successivement transformé en bateau à aurores, à patins, à roues, à voiles et à vapeur, en porte-bouteilles d'air comprimé, en porte-deuil, en porte d'Auteuil, en portemine et en porte-poisse, pour finalement devenir ce qu'il est, c'est-à-dire en porte bien son âge.

— Et il s'est toujours appelé *La Vigoureuse* ?

— Non, mon colonel. Il a été successivement baptisé *L'Immobilisé*, *Le Pourboire*, *Le Décourageant*, *Le Vague à l'Âme*, *Le Rasoir à Lame de Fond*, *Le Dénicheur*, *Le Dériveur*, *Le Zigzaguant*, *Le Pierre Ponce Pilate*, *Le Ramassis* et, finalement, *La Vigoureuse*.

— Et vous naviguez comment ?

— Ça dépend, mon colonel. Selon l'état de la mer et celui de l'équipage, au mazout, au gaz, à l'acétylène, au charbon de bois, à l'électricité quand on rencontre des courants favorables et à la voile quand les machines ne fonctionnent plus pour cause d'arrêt momentané pour raisons d'entretien.

— Et quand il n'y a pas de vent, comment faites-vous ?

— Si la mer est d'huile, on marche au vinaigre et plus souvent au rhum. Mais uniquement pour les hommes d'équipage, afin de les réconforter puisque alors il faut nager à la rame.

— C'est très clair. Et vous filez combien ?

— Par moments un mauvais coton, et le reste du temps une moyenne de 2 à 23 nœuds en fonction de la longueur des filins et des cordages.

— Parfait. Pourriez-vous nous dire où se trouvent nos cabines ?

— La vôtre, mon colonel, se situe dans le canot de sauvetage n° 2. Celle de votre secrétaire se trouve dans le canot de secours du canot de sauvetage n° 6. Si vous n'y voyez pas d'inconvénient, vos autres collaborateurs dormiront sur le pont.

— Ce n'est pas un problème. Où avez-vous placé la malle ?

— En sécurité, sous garde armée de patience, dans la soute à hauts gages, qui se trouve immédiatement située juste au-dessus de la soute à bagages.

— Quel sera notre itinéraire ?

— Nous prendrons la direction de Rhodes, puis filerons droit sur Port-Saïd et gagnerons la France par le canal de Suez, le canal de Mozambique, Le Cap, l'océan Atlantique jusqu'à la RMN 7, ou Route maritime nationale 4 + 3, qui nous mène directement à Brest, d'où nous emprunterons les routes fluviales qui nous mèneront jusqu'à notre port d'attache, en rade du plateau de Millevaches.

— Sans vouloir vous influencer, mon cher Chtefoula, vous ne pensez pas qu'en contournant la Sicile et en remontant jusqu'à Toulon, ce ne serait pas plus court ?

— En principe, seulement. En effet, le week-end, c'est la route maritime la plus encombrée des routes maritimes embouteillées. Sur l'itinéraire que je vous propose, la circulation est pratiquement nulle.

— Dans ce cas, lieutenant de vaisseau Casimir Chtefoula, je vous laisse faire. Vous êtes seul maître à bord. Après Dieu et M. Maurice, naturellement.

*

Zorbec Legras et Wilhelm Fermtag avaient rapidement compris que le colonel de Guerlasse les avait pris de vitesse.

— Nous avons perdu une manche, mais nous gagnerons la partie ! s'était alors exclamé Zorbec Legras, le poing vengeur. Nous allons prendre le premier avion pour Alexandrie, où *La Reine de Sabbagh* doit faire sa prochaine escale.

Ce qu'ils ne manquèrent pas de faire. Dans le hall de l'aéroport, ils entendirent, sortant d'un haut-parleur, la voix d'une hôtesse informant les passagers à destination d'Alexandrie, Djibouti, Karachi, Yokohama, Las Vegas et Fontenay-aux-Roses que l'avion avait trois minutes de retard.

— *Ach !* hurla Fermtag, visiblement nerveux. C'est absolument inadmissible ! Trois minutes dans la vie d'hommes tels que nous, ça compte !

Vingt et unième épisode

Agents doubles mixtes

Après un voyage dont les péripéties alourdiraient inutilement cette épopée des temps modernes, le colonel de Guerlasse retrouva, avec plaisir, son bureau du SDUC. Il eut à peine le temps de décacheter d'innombrables lettres en attente, que Marie-Rose Tifrisse entra, non sans avoir réglementairement frappé à la porte.

— Je vous apporte trois messages chiffrés de Nicolas Leroidec.

— Merci, adjudant... Voulez-vous me passer l'indicateur d'indices et le télédécrypteur de poche-revolver qui se trouvent sur le troisième rayon du sixième rayonnage d'introspection stratégique, entre la quatrième planche graphique confidentielle et le neuvième tiroir du bureau de renseignements n° 22, 95 et la suite ?

— Je l'ai, mon colonel. Mais c'est une nouvelle édition !

— Le capitaine Gérard de Bassetaille, chef du service de décryptage du SDUC, me l'a remise personnellement, juste avant notre départ... Voyons, voyons, on va mettre le deuxième circuit en coupe réglée, et on va bien voir ce que ça donne... Le message dit : « Le capitaine est dans la barbe du sapeur »... Ça nous donne : « La main de ma sœur est dans la capote d'un Slave », c'est-à-dire : « Le strip-tease est à la moutarde »... Si je tourne le commutateur de peine 128 *bis*, j'obtiens : « Le bâton nerveux est scié par les deux bouts », ce qui, en clair, signifie : « Tout va bien. » Vous voyez, Tifrisse, je me félicite chaque jour un peu plus d'avoir accordé toute ma confiance à Nicolas Leroidec. Mon instinct ne m'a pas trompé !

*

Dès leur arrivée à Alexandrie, Zorbec Legras et Wilhelm Fermtag s'étaient précipités au port et avaient appris qu'ils avaient pris quatre heures d'avance sur *La Reine de Sabbagh*. Rassurés, ils s'étaient attablés à la terrasse d'un estaminet voisin, le temps de faire le point.

— La situation se résume à un mot, mon petit Wilhelm : Tupeutla. Nicolas Leroidec est à bord de ce paquebot. Il faut que nous sachions ce qu'il vient faire ici.

— Depuis le temps que nous lui courons après, le plus simple ne serait-il pas de le lui demander ?

— C'est justement mon intention...

⁂

Au même moment, inconscient du danger qui le guettait, Inter 18-29 vivait les heures sans doute les plus intenses de son existence d'agent secret.

— Wanda, Wanda... Avant de te connaître, je crois que j'ignorais le vrai visage de l'amour. Je me sens tellement un autre homme que je me demande si je parviendrai un jour à redevenir moi-même.

— Parle-moi de toi, murmura doucement la belle comtesse à l'oreille droite de l'ancien enclumier.

— Que veux-tu savoir ?

— Tout !

— Ça fait beaucoup !

— Tu n'as pas confiance en moi, Nicolas chéri ?

— Bien sûr que si ! Désormais, rien n'existe en dehors de toi...

— Tu dis ça pour me faire plaisir, ou tu es sincère ?

— Je n'ai jamais été aussi sincère de ma vie. Ma vie, d'ailleurs, commence avec toi.

— Vous, les hommes, vous dites toujours la même chose !

— Je t'en prie, Wanda, ne me parle pas des autres ! Je les hais, je voudrais qu'ils n'aient jamais existé !

⁂

— Mon bon Fermtag, je crois que j'ai un plan. Nous allons acheter une agence de voyages.

— Vous êtes fou, Zorbec ! C'est une dépense inconsidérée !

— Non, c'est un placement. Le paquebot sera à quai tout à l'heure. Je veux être au bas de l'échelle de coupée avec une voiture pour accueillir la comtesse Wanda. Plus j'y réfléchis, plus je pense qu'elle est un rouage important de l'opération Tupeutla.

— Est-ce une raison pour acheter une agence de voyages ?

— Mais oui, car nous allons servir de guides à la comtesse.

— Cela va nous revenir très cher. Elle aime justement mener la vie à grandes guides !

— Ne soyez pas inquiet, Fermtag, Tupeutla nous paiera de tous nos frais, et bien au-delà.

— Mais, Zorbec, la comtesse risque de vous reconnaître !

— Le contraire serait étonnant ! Je vous rappelle que je suis l'agent secret le plus connu d'Europe ! Ça n'a aucune importance. Elle sera impressionnée de voir que j'ai pris la peine de l'attendre à Alexandrie, d'acheter une agence de voyages et de me camoufler maladroitement en guide. Je veux savoir si Nicolas Leroidec a établi un contact avec elle...

*

Sur ce point, Zorbec fut fixé quand il vit la belle et scandaleuse Wanda descendre la passerelle de *La Reine de Sabbagh* main dans la main avec Nicolas Leroidec. Il s'avança sans hésiter vers le couple, souleva sa casquette et, avec un sourire obséquieux, leur adressa ces quelques mots :

— Madame, monsieur... Soyez les bienvenus sur la terre des Pharaons. Ne vous laissez pas abuser par des guides frelatés qui vont vous proposer des itinéraires douteux. Faites confiance à notre maison qui, depuis quarante siècles, contemple les voyageurs du haut en bas de la pyramide. Pour un prix modique et forfaitaire, notre maison se charge de vous véhiculer parmi les mille et une merveilles de l'Égypte antique et de l'Égypte moderne. Vous aurai-je convaincu en vous déclarant que votre prix sera le nôtre, et encore, avec un rabais de 10 % en guise de prime ?

Je crois que j'ai déjà vu cette tête-là quelque part, se dit Wanda, avant d'accepter sans hésiter la proposition du guide.

— Alors, monsieur, madame, enchaîna Zorbec Legras, si vous voulez bien me suivre jusqu'à ma modeste Cadillac... Je me ferai un plaisir de vous conduire où vous voudrez, et même ailleurs, si vous le désirez...

Bizarre, le chauffeur a aussi une tête qui me dit quelque chose, se dit Wanda en découvrant l'homme au monocle qui tenait le volant en attendant un signal de départ qui ne tarda pas à arriver.

*

— Alors, Zorbec, tout se déroule-t-il comme vous l'aviez prévu ?

— Oui et non. Ces deux-là se conduisent comme des jeunes mariés pendant leur lune de miel et il va être très difficile de les séparer. Il faut pourtant que je parle seul à seule avec la comtesse !

— Voulez-vous que j'intervienne ?

— Non, Fermtag ! Je connais vos manières, ou plutôt la seule que vous employiez : la manière forte. Je ne veux surtout pas en arriver là… Tout au moins pour l'instant. Voilà quelques minutes, Nicolas Leroidec m'a demandé une auberge tranquille. Il faut absolument lui donner satisfaction dans les plus brefs délais. La réussite de mon plan en dépend !

⁂

Trois heures plus tard, la Cadillac roulait en plein désert, et Zorbec Legras n'apercevait toujours pas le moindre estaminet à l'horizon.

Heureusement que les deux à l'arrière ne trouvent pas le temps trop long, se dit-il. S'il avait fallu que je leur serve vraiment de guide, je me demande comment je m'en serais sorti.

— Fermtag, vous qui avez fait la guerre dans l'Afrikakorps, pouvez-vous me dire où nous sommes ?

— Certainement quelque part entre Koufra et El-Alamein.

— Voilà qui est précis et parfaitement inutile. Attention, ralentissez… J'aperçois là-bas, à droite, un écriteau. Nous sommes sauvés, lisez : *300 mètres à gauche, crêperie bretonne…*

La Cadillac vira sur sa gauche pour remonter l'allée de sable que rien ne distinguait, d'ailleurs, du désert environnant. Au bout se trouvait un manoir de granit au fronton duquel on lisait en lettres gothiques : *Hostellerie, crêperie bretonne.*

— Tout de même, Zorbec, vous ne trouvez pas bizarre de tomber sur ce genre d'établissement à quelques dizaines de kilomètres d'Alexandrie ? demanda Wilhelm Fermtag.

— Et alors ? répliqua son acolyte d'un ton sans appel. Il y a bien des restaurants chinois à Paris, et Pékin se trouve beaucoup plus loin de Pantin qu'Alexandrie du Mont-Saint-Michel. Un peu de logique, Fermtag, je vous en prie !

⁂

Nicolas ne manqua pas de manifester sa surprise quand il découvrit l'enseigne du restaurant où leurs guides venaient de les conduire :

— Tiens, une crêperie bretonne !
— J'ai pensé que cela vous ferait plaisir, susurra Zorbec. Les nourritures orientales sont parfois assez difficiles à digérer pour des estomacs européens.
— Vous avez sans doute raison. L'exotisme et la couleur locale sont excellents pour les yeux, mais pas pour l'œsophage. Qu'en dis-tu, Wanda ?
— Je dis comme toi, mon amour.
— Parfait, cela évitera toute discussion… Voyons voir le menu : « Plat du jour : choucroute alsacienne comme chez soi »… Pourquoi pas ? Je me demande toutefois si, avec la chaleur, un plat plus léger ne conviendrait pas mieux. Un bon cassoulet, par exemple…

*

Retirés dans une arrière-salle, Zorbec Legras et Wilhelm Fermtag avaient commencé par commander des tripes Pharaon, des bandelettes de mouton à la Néfertiti et un obélisque à la Champollion, c'est-à-dire un gâteau entièrement taillé dans la masse, le tout arrosé d'une douzaine de crêpes. Entre deux bouchées, Zorbec avait ensuite dressé un plan de bataille :
— Nicolas Leroidec est en possession du microfilm des plans du Biglotron. L'amabilité, pour ne pas dire plus, dont fait preuve la belle Wanda à l'égard de l'ancien enclumier donne à penser que ce document aura bientôt changé de main. Espérons que l'échange, comme dirait Paul Claudel, n'a pas encore eu lieu.
— J'ai connu un Paul Claudel de l'Intelligence Service, Zorbec. Est-ce le même ?
— Aucun rapport, mais ce serait trop long à vous expliquer, mon petit Wilhelm. Je ne vois qu'une solution : parler à la comtesse. Il faut donc que nous la séparions, ne serait-ce que cinq minutes, de Nicolas. Je sais ce que nous allons faire…
Et pendant que Nicolas et Wanda achevaient leur repas dans un des cabinets particuliers de la crêperie bretonne, Zorbec Legras et Wilhelm Fermtag remontaient précipitamment à bord de la Cadillac et, coupant au plus court, se dirigeaient vers les pyramides de Guizeh.
— Qu'allons-nous faire, Zorbec ?
— Nous allons acheter tous les chameaux qui servent à promener les touristes autour des pyramides.
— Décidément, Zorbec, vous êtes complètement cinglé !
— C'est vous qui devenez fou dès qu'on parle investissements,

mon petit Wilhelm. Mon plan est extrêmement simple. Quand nos tourtereaux décideront de visiter les pyramides, nous leur proposerons nos chameaux. Vous, Fermtag, vous conduirez celui de Nicolas, et moi, je m'occuperai de celui de la comtesse. Les vaisseaux du désert étant des animaux particulièrement capricieux, votre animal, Fermtag, s'en ira très loin dans le désert, ce qui me permettra d'avoir enfin l'entretien que je souhaite avec la belle Wanda.

— Mais alors, Zorbec, il va falloir encore que nous nous déguisions ?

— Naturellement, Fermtag. Vous n'avez jamais vu un chamelier en costume gris anthracite !

*

Quelques heures plus tard, ainsi que l'avait prévu Zorbec Legras, la comtesse et l'enclumier, toujours main dans la main et yeux dans les yeux, s'apprêtaient à faire le tour des pyramides.

— Quel spectacle imposant… pyramidal, même ! s'exclama Wanda.

— Quand j'étais enfant, on passait toutes nos vacances chez un cousin qui habitait Hénin-Liétard, un joli port de pêche, ajouta Nicolas. Il y avait aussi là-bas, près des mines, des grands trucs comme ça, mais en poussier. C'était moins joli et beaucoup plus salissant.

Zorbec s'avança et, avec un fort accent local, proposa une « jolie promenade autour des pyramides ».

Le visage de cet homme me dit quelque chose, se dit la comtesse.

— Le prix sera celui que Monsieur voudra, ajouta le faux Bédouin à l'adresse de Nicolas.

— Pourboire compris ?

— Avec les chameaux, il n'y a jamais de pourboires. Juste un seau d'eau tous les ans.

— Bon, alors, comme ça, ça marche. Tu viens, Wanda ?

— Si tu veux, mon amour.

— Ah, non, madame ! s'exclama le guide. Ce n'est pas possible de monter tous les deux sur le même animal. À chacun son chameau !

Quelques secondes plus tard, les deux amoureux prirent place sur leurs montures respectives. Sous les coups de trique de leurs conducteurs, les chameaux se redressèrent et, bientôt, allongèrent le pas. Le chameau de Nicolas se mit à galoper.

— Wanda, suis-moi, mon amour ! hurla Inter 18-29. Mais qu'est-ce qu'il lui arrive, à ce bougre de chameau ? Il se croit à Longchamp, c'est pas possible !

— Pourquoi cet animal court-il si vite ? demanda Wanda à son guide, qui n'était autre que Zorbec.

— C'est pour me laisser l'occasion de bavarder tranquillement avec vous, comtesse.

— Vous savez donc qui je suis ?

— Nous autres, chameliers, nous sommes toujours très bien renseignés.

— Votre visage me rappelle quelqu'un…

— Enfin, comtesse, vous ne m'avez pas reconnu sous ce grossier déguisement ? L'agent double le plus connu de toute l'Europe !

— Le plus vaniteux, aussi. Cette fois, j'y suis : Zorbec Legras !

— Pour vous servir, comtesse.

— Mais où va Nicolas ?

— Laissez ce garçon vivre sa vie.

— Sa vie, c'est moi !

— Mais comme la vôtre ce n'est pas lui, que vous importe s'il galope un brin dans le désert ?

— Qu'est-ce qui vous fait croire que je n'aime pas ce garçon ?

— Si le professeur Ménerlache n'était pas resté à Athènes, vous ne vous seriez pas intéressée à lui.

— Comment ? Vous savez que le professeur est à Athènes !

— Bien sûr… C'est moi qui l'ai empêché de partir.

— Et pourquoi avez-vous fait ça ?

— Sans doute pour les mêmes raisons que vous ?

— Le professeur peut bien rester où bon lui semble. Les microfilms n'ont pas été inventés pour les chiens.

— Nicolas Leroidec ne vous a-t-il pas proposé les plans du Biglotron ?

— Je ne suis pas obligée de répondre, Zorbec !

— Savez-vous que ces plans sont faux ?

— Qu'est-ce qui vous permet d'être aussi affirmatif ?

— C'est moi qui les ai fabriqués.

— C'est vous qui… ? Je n'en crois pas un mot !

— À votre aise, mais je vous préviens, vous allez vous couvrir de ridicule sur le marché mondial. Avec votre standing, ça me fait de la peine. Nous nous combattons parfois, chère comtesse, mais il existe, Dieu merci, un certain esprit de corps. Ça m'ennuierait de vous voir faire une bêtise.

— Votre explication est peu convaincante, Zorbec. Trouvez-en une autre.

— Si vous me promettez de ne le répéter à personne, je vais vous dire la vérité.

— Je vous écoute… avec la plus grande méfiance.

— J'ai fabriqué des faux plans du Biglotron pour semer la pagaille dans les services du colonel de Guerlasse. J'ai même trouvé le nom de code de cette opération : Tupeutla. J'ai enlevé le professeur pour avoir à ma disposition les vrais plans et fabriqué les faux pour faire bisquer le colonel. Mais si vous, comtesse, vous vous emparez des faux plans du Biglotron pour faire Dieu sait quoi, vous flanquez toute mon opération par terre. Vous avez compris, maintenant ?

— Mais que fait Nicolas dans tout cela ?

— Leroidec ? C'est un pauvre imbécile que je manipule sans qu'il s'en rende compte. Il s'est même imaginé, pendant un moment, qu'il travaillait pour le colonel de Guerlasse. Alors, faites-moi plaisir, comtesse, laissez Nicolas faire son petit boulot…

— Je veux bien, mais à une condition.

— Je vous écoute…

— Procurez-moi les vrais plans.

— C'est entendu. Je n'ai qu'une parole…

*

Pendant ce temps, le malheureux Nicolas galopait dans le désert, et ses cris d'effroi ne faisaient qu'augmenter le galop frénétique de l'animal. Juste derrière lui, sur une autre monture, Wilhelm Fermtag, sans se démonter, encourageait la course du ruminant :

— *Ach so ! Schnell ! Schnell ! Schnell ! Schnell ! Donnerwetter ! Schnell !*

Et le quadrupède, sensible sans doute à la langue de Goethe, allait de plus en plus vite.

— Arrête ! se mit à hurler Nicolas. Tu comprends ce que je te dis, espèce de chameau ? C'est drôlement mal foutu, ces vaisseaux du désert ! Y a même pas de frein à main. Jusqu'où on va aller, comme ça ?

— Jusqu'en Arabie, je suppose, lui répondit son faux guide.

— Mais l'Arabie, c'est où, dites ?

— À l'allure où nous marchons, ça ne doit plus être très loin.

— Je vous ai demandé de me faire visiter les pyramides, pas de m'emmener en Arabie !

— *Ach, so !* L'homme propose, mais le chameau dispose.

— Y a longtemps que vous êtes chamelier ?

— Depuis cet après-midi.

— Ça se voit ! Vous ne savez même pas comment ça s'arrête, cet animal-là ?

— Je n'en ai aucune idée.

— On a bien raison d'appeler ça le vaisseau du désert, parce que pour ce qui est du roulis et du tangage, on est plutôt servi ! Je sens que les crêpes bretonnes que j'ai avalées après le cassoulet ne vont pas tarder à se transformer en soucoupes volantes. Il n'y a vraiment aucun moyen d'arrêter ces foutus animaux ?

— Il y en a un, mais il est un peu brutal et nous obligera à revenir à pied.

— Qu'est-ce que vous voulez dire ?

— Une balle de colt entre les deux oreilles, c'est la seule solution.

— Je ne savais pas que les chameliers étaient armés comme les cow-boys. Ce n'est pas une bonne idée. On risque d'avoir la SPA sur le dos. Il ne manquerait plus que ça !

Les deux vaisseaux du désert galopèrent ainsi tout le jour. Quand le soleil se coucha, ils en firent autant, et assez brutalement. Nicolas tomba, puis se releva et vérifia qu'il n'avait rien de cassé. Il s'adressa enfin à son guide :

— Vous qui êtes du pays, vous allez me dire où nous sommes ?

— Sans doute quelque part entre Malo-les-Bains et Tamanrasset.

— Me voilà rassuré sur notre position géographique. Vous connaissez sans doute un petit troquet, pas loin d'ici ?

— Un quoi ?

— Un troquet... un bistroquet, si vous préférez, ou un mastroquet, un bistrot, un estaminet, un abreuvoir, une buvette, un bougnat, un bar, un arrosoir, un rade, une station-service pour les amygdales...

— *Ach, so,* vous voulez sans doute dire une brasserie ! Non, je n'en connais pas. Il faut dire aussi que je ne connais pas le coin.

— Vous m'avez l'air d'un fichu chamelier !

Se sentant découvert, Wilhelm Fermtag voulut sortir son luger. Comprenant le danger, Nicolas se baissa, s'empara d'une poignée de sable et le jeta au visage du faux chamelier.

— Arrêtez, Leroidec, je ne vois plus rien !

— Tiens, vous connaissez mon nom ? Comme c'est curieux !

Cette petite promenade dans le désert ne serait qu'un coup monté que ça ne m'étonnerait qu'à moitié.

— C'est un coup qui nous a coûté assez cher !

— Et qui risque de nous coûter encore plus cher à tous les deux si nous mourons de soif ici.

*

Au même moment, à l'hôtel Hilton du Caire, Zorbec Legras, qui avait troqué son costume de chamelier contre un smoking de coupe impeccable, invitait la comtesse Wanda à dîner. Après le dessert et une série de pousse-café, la conversation se fit plus intime :

— Je me demande où se trouve actuellement mon cher Nicolas, murmura la comtesse.

— Je vous en prie ! répliqua Zorbec. Vous ne m'avez pas cru quand j'ai fait allusion à ma parole d'honneur, ne m'obligez pas à vous croire quand vous me parlez de votre amour pour ce garçon !

— Il est pourtant sincère, je vous l'assure.

— Que les journalistes racontent de votre vie mondaine ce que bon leur semble, passe encore, mais nous sommes tout de même quelques-uns à savoir que la belle Wanda a le cœur aussi sec que le coup de feu de l'officier qui commande un peloton d'exécution.

— Cela s'appelle le coup de grâce, Zorbec.

— Certes, de grâce, vous n'en manquez point.

— Quand je le voudrai, Zorbec, je vous ferai oublier ce cœur sec que vous me reprochez aujourd'hui.

— Oui, je sais…

— Toujours votre vanité !

— Ce n'est pas ce que je voulais dire.

— Vous troublerais-je tant que vous ne sachiez déjà plus ce que vous voulez dire ?

— Vous me troublez, certes, pourquoi le nier ? Je sais tout de même ce que je veux dire et vous le lance sans ambages : si nous discutions de tout cela dans votre chambre, avec un verre de whisky ?

— Oh, Zorbec !

— Je ne vois rien d'incorrect à cette proposition. C'est le seul moyen d'être vraiment à l'abri des oreilles indiscrètes. Ici, dans cette salle à manger, nous ne pouvons pas parler librement. Je connais les maîtres d'hôtel : ils sont payés par une demi-douzaine de services de renseignements. Je le sais d'autant mieux que deux d'entre eux sont rémunérés par mes propres soins. Manque de chance, ce ne sont pas ceux qui nous servent. Et même, seraient-ce ces deux-là, je ne tiens pas du tout à ce qu'ils soient au courant de nos affaires. Vous le voyez, Wanda, mon invitation était sans équivoque.

— Dans ce cas, j'ai bien envie de ne pas vous suivre. Oh, et puis, après tout, si. Vous êtes tellement laid !

Vingt-deuxième épisode

Les baumes de bonne volonté

Dans le désert, entre Malo-les-Bains et Tamanrasset, deux hommes marchaient d'un pas cadencé, qui était rapidement devenu très hésitant.

— Dis donc, le frizou, t'es sûr qu'on est dans la bonne direction ?

— *Ach*, Leroidec, si vous voulez que nous restions bons amis, ne m'appelez pas « le frizou ».

— Je ne sais même pas ton nom. Comment t'appelles-tu ?

Se figeant en un impeccable garde-à-vous, le faux chamelier éructa en direction de l'enclumier :

— Fermtag !

— Te fâche pas, je t'ai rien fait !

— Mais je ne me fâche pas. Fermtag, c'est mon nom. Notez toutefois que dans les instructions que j'avais reçues, il m'était formellement interdit de dévoiler mon identité. Mais dans les circonstances présentes, ça n'a plus aucune importance. Je vais pouvoir mourir en vous regardant bien droit dans les yeux, et en chantant de mon dernier souffle : *Ich hate ein Kamerad*.

— Qu'est-ce qui vous parle de mourir ici ?

— Leroidec, il faut voir la situation avec réalisme. Nous avons marché pendant toute la nuit en nous guidant sur l'étoile Polaire. Maintenant qu'il fait jour, il n'y a pas plus d'étoile Polaire que de Croix du Sud. Il ne nous reste plus que deux bouteilles de bière. Quand nous les aurons bues, nous n'aurons plus qu'à nous étendre pour mourir.

— Eh bien, Fermtag, s'il n'y avait eu que des gars comme toi, la guerre aurait duré moins longtemps.

— Avouez, Leroidec, que ça n'aurait pas été plus mal.

— Peut-être, mais ce n'est pas vraiment le moment d'en discuter. Il faut sortir d'ici.

— Mais pour aller où ?
— Ailleurs.
— C'est très joli, ailleurs, mais je vous en prie, Leroidec, indiquez-moi la route pour y aller. Devant nous, c'est du sable, à droite, c'est du sable, à gauche, c'est du sable et derrière nous, c'est, devinez quoi, du sable !
— Il n'y a qu'à se guider au soleil. Quelle heure est-il ?
— Ma montre marque minuit.
— Et la mienne, midi. Comment savoir ? On dira ce qu'on voudra, il y aura toujours, en dépit des réconciliations, pas mal de différences entre les peuples allemand et français. Avançons tout droit, on verra bien. En avant, marche !

*

Quelques heures plus tard, une Jeep Land Rover stoppait auprès de deux formes allongées côte à côte sur le sable brûlant. Un Européen, au teint clair mais habillé à l'orientale, se pencha avec sollicitude sur Nicolas Leroidec et Wilhelm Fermtag, et leur donna les premiers soins. Quelques minutes plus tard, Inter 18-29 ouvrit les yeux.
— On a bien raison de dire que boire un petit coup, c'est agréable, murmura-t-il. Si vous en aviez encore un peu, ça ne serait pas de refus.
— Tenez, mon ami, dit l'inconnu. Beaucoup ou peu de glace ?
— Vous avez de la glace ? Je n'avais même pas remarqué.
— Le désert, ce n'est pas drôle, mais sans glace, c'est la fin de tout !
— Vous avez sans doute raison, monsieur. Mais il y a dix minutes, même de l'eau tiède, ça m'aurait fait plaisir.
— C'est ce qu'a si bien compris, dans un tout autre domaine, le grand Albert Einstein quand il a énoncé les lois de la relativité.
— Les voyages sont vraiment très instructifs. Je savais qu'Einstein avait été à l'origine de la relativité, mais j'ignorais qu'il avait inventé l'eau tiède, conclut Nicolas avant de monter à bord de la voiture de son sauveur.
Il fut suivi par Wilhelm Fermtag qui, lui aussi, se sentait maintenant beaucoup mieux.

*

Après une nuit réparatrice et les remerciements d'usage à leur hôte, Nicolas Leroidec et Wilhelm Fermtag reprirent le chemin du Caire. À peine arrivé, l'enclumier se précipita à l'hôtel Hilton, bondit vers l'escalier, monta les marches huit à huit et, à peine essoufflé, frappa à la porte de sa chère Wanda. Une voix qu'il connaissait bien dit alors :

— Qui est là ?

— Devine, ma petite comtesse !

— Je n'ai pas le temps de jouer aux devinettes. Qui est là ?

— Mais c'est moi, voyons !

— Qui, toi ?

— Tu ne te rappelles pas *La Reine de Sabbagh* ?

— Il y avait 158 passagers, dont 96 appartenaient au sexe fort. Et encore, je ne compte pas l'équipage.

— Ne plaisante pas, mon petit oiseau, je te dis que c'est moi.

— Vous finissez par être agaçant. Entrez, je verrai bien qui vous êtes...

La joie au cœur, Nicolas poussa le battant de la porte et se précipita aux pieds de la belle Wanda, tout en l'embrassant dans le cou. Un exercice particulièrement difficile à réussir, sauf si, bien entendu, il s'agit du coup de pied. La comtesse, surprise par cette frénésie, fit un pas de côté.

— Ne m'embrassez pas comme ça, monsieur ! Vous voyez bien que je suis en train de me maquiller.

— Tu ne me demandes pas d'où je viens ?

— Non, vous êtes un homme libre... Et moi, je suis une femme libre.

— Enfin, Wanda, je ne comprends pas...

— Je vous prierais, monsieur, de perdre l'habitude de m'appeler Wanda. Dites « comtesse » !

— Qu'est-ce qui se passe, Wanda ?

— C'est à moi de vous poser cette question, monsieur. Je m'apprêtais pour aller dîner et vous vous permettez d'entrer comme un fou dans ma chambre !

— Enfin, Wanda, tu n'as pas été inquiète quand j'ai disparu autour des pyramides ?

— Ça fait des siècles que les gens disparaissent autour des pyramides.

— Wanda, il s'est passé quelque chose !

— Oui, le temps a passé... Le temps qui efface toutes choses, jusqu'au souvenir.

— Tu ne veux pas dire, Wanda, que... tout est fini entre nous ?

— Mais pour finir, mon pauvre ami, il eût fallu que cela commençât !

*

Quelques minutes plus tard, au bar de l'hôtel, Nicolas dressait un bilan cataclysmique. En cette seconde, il avait tout perdu. L'opération Tupeutla était, de toute évidence, un échec, et son cœur était brisé. S'adressant au barman, il commanda un whisky double... comme un agent. D'un seul coup d'œil, il jugea que le verre, immédiatement servi par le préposé, était très insuffisant pour noyer son chagrin. Il commanda un double double en précisant :

— Si ça ne tient pas dans un seul verre, prenez un baquet.

— Bien, monsieur. Un peu d'eau ?

— Non, juste une goutte d'amertume au fond du verre...

Leroidec ajouta à ce mélange subtil un torrent de larmes et commença à monologuer. Et pour cause. Il n'avait pas la possibilité de parler avec qui que ce soit, et surtout pas avec la belle Wanda.

— On ne pourra pas dire que je prends mon whisky avec de l'eau plate. C'est l'eau salée de l'expérience qui coule sur le jus de la vigne d'Écosse... C'est formidable ; d'habitude, les gens qui boivent voient double, moi, c'est le contraire : il n'y a pas dix minutes, je voyais cette bouteille pleine, maintenant je la trouve plutôt vide. Normalement, je devrais voir deux bouteilles. Barman, donnez-moi un magnum, c'est plus pratique. Moi, je trouve le magnum de bonne volonté, comme dirait le colonel... Un petit coup de temps en temps, ça remonte le moral, mais si on abuse, on finit vite alcoolique... Donc, après, je m'arrête, et j'envoie mon rapport au SDUC.

*

Le lendemain matin, à Paris, le colonel de Guerlasse trouvait, sur son bureau, un message ainsi codé :

Les parallèles sont dissymétriques... Le jour de gloire n'en finit pas d'arriver... Je suis enfoncé sur les roses du cirage...

— C'est un comble, maugréa le chef du SDUC. Leroidec m'envoie tout simplement un S.O.S. Mais qu'est-ce qui a pu arriver à cet enclumier de malheur ? « Je suis enfoncé sur les roses du cirage »... Impensable ! Ce garçon en qui j'avais placé toute ma confiance... Ça va me coûter mes étoiles de général ! Adjudant Tifrisse, quelle heure est-il ?

— Au SDUC, l'heure est toujours à la décision, mon colonel.

— Alors, appelez-moi le révérend père Paudemurge.

— C'est que... mon colonel... il est en prière.

— Qu'est-ce que vous me chantez ? Ici, c'est peut-être une chapelle, mais certainement pas une église.

— C'est pas ce que je veux dire, mon colonel. Il prie l'officier payeur de lui faire une avance.

— Allez me le chercher, et ramenez-le au pas de course.

— Bien, mon colonel.

*

Trois minutes plus tard, l'agent Pi R2 se retrouvait dans le bureau d'Hubert de Guerlasse et découvrait à son tour le rapport envoyé, depuis Le Caire, par Inter 18-29.

— « Je suis enfoncé sur les roses du cirage » ! Ce n'est pas croyable ! Je vais tout de suite réciter une neuvaine pour…

— Non, mon Révérend Père ! Vous allez immédiatement filer au Caire. Vous vous débrouillerez pour retrouver Nicolas Leroidec, vous lui tirerez les vers du nez et reviendrez ici me faire votre rapport.

— C'est que, mon colonel et fils, je ne connais personne au Caire. Perdu parmi les infidèles, je…

— Débrouillez-vous, et souvenez-vous du théorème d'Ignace de Loyola : « Le virage est le chemin le plus court pour aller droit au but. »

*

— Alors, mon Révérend Père, ce voyage de retour Le Caire-Paris s'est bien passé ?

— Conformément à la volonté du Seigneur, mon colonel, et grâce à l'habileté du commandant de bord. Les hôtesses étaient très aimables et fort agréables à regarder, conformément aussi à la volonté suprême qui a voulu que sa créature soit le reflet de la divine beauté céleste et que…

— Vous en avez encore pour longtemps, à me faire la relation de vos impressions personnelles ?

— J'ai cru qu'il était de mon devoir d'exalter ainsi la gloire du président-directeur général de nos pensées et de nos actes, qu'il juge selon la pureté de nos intentions, et qui…

— Tout cela est infiniment respectable, mais hors du propos qui me préoccupe. Avez-vous contacté Nicolas Leroidec ?

— Oui, mon colonel, et mon impression générale est très mauvaise. Inter 18-29 ne répond plus.

— C'est-à-dire ?

— Il ne répond plus à ce que vous attendiez de lui. Il est dans un état que je considère comme bien triste.

— Mais enfin, qu'est-ce qu'il a ?

— Il semble complètement déboussolé, comme égaré. Il tient des propos absolument incohérents. Bref, il se trouve dans un état de total délabrement moral, sans parler de son aspect physique, qui présente les plus formelles caractéristiques de l'agent enclumier désabusé et désemparé, ainsi que des symptômes évidents de désintégration pathologique.

— C'est incroyable ! Ce garçon sain, équilibré, naturel…

— À présent, il est nettement *si* bémol et dans le quatrième sous-sol mineur.

— Il a dû lui arriver quelque chose de pas ordinaire. Naturellement, vous l'avez habilement sondé ?

— Selon vos instructions, mon colonel. Je lui ai raconté que j'étais venu pour effectuer des recherches sur les mystères du culte d'Isis et autres balivernes.

— Et il vous a cru ?

— Il n'a même pas fait attention à ce que je lui racontais, sautant d'un sujet à un autre, sans transition ni enchaînement logique. Il m'a tout de même demandé, une ou deux fois, entre deux élucubrations, si je n'étais pas venu pour une autre raison que celles que j'avais invoquées. Il n'a toutefois jamais insisté, comme si le sens des réalités lui revenait fugitivement pour disparaître aussitôt.

— Et vous lui avez parlé de l'opération Tupeutla ?

— Naturellement, mais en passant, sans appuyer ni insister.

— Que vous a-t-il répondu ?

— Que je pouvais toujours me la mettre… Il n'a même pas terminé sa phrase, me laissant ainsi le libre choix.

— C'est effrayant ! Vous lui avez parlé de Mémaine ?

— Bien entendu. Je lui ai demandé s'il pensait quelquefois à elle, et il m'a répondu : « Bien sûr que je pense à elle ! Quand j'en ai le temps, et je n'en ai pas beaucoup ! »

— Vous n'avez rien remarqué, mon Révérend Père, qui nous permette de remonter à la source de cet incompréhensible comportement ?

— Si, mon fils, à deux reprises : d'abord quand il a parlé du rahat-loukoum qu'une femme voilée lui avait vendu, il s'est écrié : « C'est une femme voilée qui me l'a vanda… », puis s'est interrompu net, comme tétanisé. Plus tard, quand je lui demandai – à titre de pure information – si on pouvait trouver à boire de l'alcool au Caire, il m'a répondu : « En principe, c'est interdit, mais dans les bars tout ce que voudrez, depuis le whisky jusqu'à la vodka mi... » Là encore, il a stoppé net.

— Donc, pas d'erreur possible. Il s'agit donc d'une obsession affective et très certainement sexuelle. Quelle a été sa réaction quand il vous a vu, mon Révérend Père ?

— Enthousiaste. Il m'a dit que, pour lui, j'étais un baume de bonne volonté.

— Et quand vous lui avez parlé de Mémaine ?

— Il m'a paru sincèrement ému. Il a même écrasé une larme sous son talon gauche, en murmurant, d'une voix quelque peu étranglée : « Mémaine, cette brave Mémaine ! »

— Je crois avoir compris de quoi il retourne, conclut le colonel. La présence de Mémaine auprès de Nicolas devrait lui être salutaire et l'aider à recouvrer ses esprits. Je vais sans plus tarder m'en occuper personnellement. En ce qui vous concerne, agent Pi R2, vous allez m'établir un rapport détaillé, complet et circonstancié de votre séjour au Caire, en 24 exemplaires, triple interligne. Vous me le remettrez ensuite en main propre. Ne prenez pas cet air inquiet, je vous en prie. J'ai l'habitude de me laver les mains une douzaine de fois par jour au minimum, et même plus les jours de fête. Je vous remercie, vous avez parfaitement rempli votre mission et pouvez disposer. Terminé.

Vingt-troisième épisode

L'enlèvement de Nicolas Leroidec

Tout fut fait selon la volonté du colonel et du Seigneur, comme l'avait souhaité le révérend père Paudemurge. Mémaine prit le premier avion pour Le Caire, retrouva Nicolas qui l'accueillit tendrement, mais sans plus, et tenta de lui changer les idées en l'entraînant à jouer les touristes dans les rues de la ville. Pendant ce temps, dans une villa discrète sur les bords du Nil, Zorbec Legras expliquait à Wilhelm Fermtag comment il voyait la suite des opérations :

— Il faut à tout prix que nous retrouvions Nicolas Leroidec. Maintenant que j'ai persuadé la comtesse que ce microfilm était sans intérêt, il me le faut. Où se trouve-t-il actuellement ? Dans la poche de Nicolas Leroidec. Et où est ce dernier ? Quelque part au Caire, occupé à faire visiter la ville à Mémaine. Il faut donc le localiser, et l'enlever. Nous pourrions peut-être tenter quelque chose du côté des pyramides...

— *Ach, nein*, Zorbec ! *Kein Pyramide !* Je me souviendrai longtemps de cette journée passée dans le désert ! Je ne tiens pas à recommencer. Et je crois que le souvenir est encore plus cruel pour Leroidec. Il ne doit pas avoir envie de retourner là-bas !

— Vous croyez, Fermtag ?

— *Natürlich ! Ach*, Zorbec, vous n'allez pas me faire croire, vous, que vous avez oublié qu'à la suite de cette aventure, il a perdu le cœur de la belle Wanda ! Et vous êtes mieux placé que quiconque pour le savoir, n'est-ce pas ?

— Fermtag, je vous ai déjà dit à plusieurs reprises que je ne compromettrais jamais la réputation d'une femme du monde !

— *Ach so !* Vous rougissez de plaisir. Votre vanité... toujours votre insupportable vanité !

— Pour vous prouver que j'en suis dépourvu, je reconnais que, pour une fois, et très exceptionnellement, vous avez raison.
— Je n'ai pas aussi souvent tort que vous le croyez.
— Il faut trouver autre chose pour nous emparer de Nicolas. Cette villa étant située au bord du Nil, l'enlèvement sera beaucoup plus facile s'il se déroule au cours d'une promenade sur le fleuve.
— Il y a quand même quelque chose que je ne comprends pas, Zorbec. Pourquoi enlever Leroidec ? Ne serait-il pas plus simple de lui voler purement et simplement ce microfilm ? Ça ne doit pas être bien difficile.
— Figurez-vous, Fermtag, que j'y avais pensé. Mais cette histoire me semble louche à plus d'un titre. Je continue de me demander pourquoi un tel document est tombé entre les mains d'un type comme ce Leroidec. Je veux donc l'enlever pour examiner de très près ce microfilm, bien sûr, mais aussi pour interroger Inter 18-29. Je veux qu'il me raconte en détail à la suite de quelles circonstances, il s'est trouvé en possession de ce document.
— *Ach so,* j'ai compris. Vous voulez le torturer un petit peu...
— J'ai dit « interroger »...
— Vous ne croyez pas qu'un bon petit lavage de cerveau, jusqu'à la plus petite cellule grise, serait plus efficace ? Plus de cellules grises pour Leroidec, mais des cellules étincelantes de blancheur ! Histoire de démontrer que Fermtag lave plus blanc !
— Le problème, c'est qu'avec vous le lavage de cerveau commence toujours par une série de coups de pied au cul.
— Ne soyez pas vulgaire, Zorbec. Pour débuter, les gifles, c'est beaucoup plus impressionnant !
— Si je vous laissais faire, Fermtag, nous n'aurions plus personne à interroger depuis le début de cette opération. Vous les auriez tous liquidés.
— Et alors ? Nous serions tranquilles, aujourd'hui.
— Je sais que vous êtes un adepte du nettoyage par le vide, mais je vous rappelle que la plupart de ces gens appartiennent à des services fort bien organisés, qui possèdent une administration méticuleuse. Ils s'inquiètent dès qu'ils n'ont plus leur nombre d'agents, en lancent de nouveaux dans le circuit, et tout est à recommencer. Au moins, là, nous savons qui se trouve en face de nous !
— Je comprends, Zorbec. Quelle décision avez-vous prise ?
— Nous allons immédiatement acheter toutes les compagnies de navigation du Nil. Quand Nicolas voudra faire un tour sur le

fleuve, en compagnie de Mémaine, le bateau sur lequel il s'embarquera le conduira directement ici.

— Il risque de nous reconnaître.

— C'est pourquoi nous allons nous déguiser. Comme nous sommes en pays musulman, vous vous habillerez en femme et porterez le voile.

— Vous dites toujours, Zorbec, que je n'ai pas d'idées, mais cette fois, je crois en avoir une bien meilleure que vous. Je vais me costumer en derviche tourneur. En tournant, je pourrai, sans éveiller les soupçons, surveiller constamment ce qui se passe à gauche, à droite, devant et derrière nous.

— La perspective de ce lavage de cerveau vous aurait-elle donné un début d'imagination ? En tout cas, je reconnais que, pour une fois, votre idée est meilleure que la mienne. Je m'en veux de ne pas y avoir pensé plus tôt, moi, le grand Zorbec !

*

Pendant ce temps-là, inconscients des dangers qui les guettaient, Nicolas Leroidec et Mémaine se promenaient, main dans la main, dans les rues du Caire.

— Dis donc, mon biquet, tu sais ce qui me ferait plaisir ?

— Non, Mémaine. Mais je sens que je ne vais pas tarder à le savoir.

— Je voudrais aller voir les pyramides.

— Ah non, surtout pas !

— Pourquoi, mon biquet ?

— Parce que... les pyramides me rappellent de fichus souvenirs.

— Quels souvenirs ? Une femme, je parie !

— Une femme ? Enfin, Mémaine, comment peux-tu oser penser ?...

— Je n'ose pas, je pense ! J'ai de l'intuition, figure-toi. Depuis que je suis arrivée au Caire, tu fais exactement la même tête qu'à Joinville-le-Pont, chez Gégène. Tu te souviens ?

— Je ne vois absolument pas ce que tu veux dire.

— Ça m'étonnerait ! Le jour de la noce à Léontine Vazymou... Je t'ai pincé avec la fille à Émilienne. Tu n'en menais pas large.

— La fille à Émilienne ! Mais c'est de l'histoire ancienne !

— Justement ! On est, ici, dans un patelin où l'Histoire ancienne, c'est plutôt une spécialité. Tu vois, mon biquet, j'ai de plus en plus l'impression que c'est exactement ce genre d'histoire ancienne qui s'est passée ici, au Caire, pendant que je n'étais pas là.

— Mémaine, je t'assure...

— Tu faisais exactement cette tête-là quand je t'ai trouvé dans un bosquet au bord de la Marne... C'est ça, t'as ta tête qui ne trompe pas... Enfin... si je peux dire.

— Mémaine, je suis prêt à te jurer sur ce que j'ai de plus sacré...

— Sur ta tête, par exemple ?

— Bien sûr, sur ma tête ! Je te jure que je n'ai pas rencontré la fille à Émilienne au Caire... Ça y est, tu es rassurée ?

— Si on veut. Alors, pourquoi qu'on va pas aux pyramides ?

— Si tu n'étais pas toujours aveuglée par la jalousie, tu pourrais comprendre que mon nouveau métier d'agent secret présente parfois de réels dangers. Si tu veux aller aux pyramides, je t'en empêcherai pas, mais pour moi, là-bas, le terrain est malsain. Je ne peux pas t'expliquer pourquoi, mais là-bas, je suis grillé.

— J'ai compris. Tu voudrais que j'aille seule pour te débarrasser de moi !

— Mais non, Mémaine, qu'est-ce que tu vas encore imaginer !

— Mon biquet, je suis sûre que tu me caches quelque chose.

— Combien de fois faudra-t-il te répéter que les agents secrets sont tenus, malgré tout, à une certaine discrétion professionnelle ! Je ne te cache rien, mais je ne te dis rien non plus, parce que je n'ai pas le droit de te faire courir les mêmes dangers que moi.

— Le secret professionnel, c'est une excuse facile !

— Si tu crois que le métier que je fais est facile ! Ce n'est pas que je n'aimerais pas me confier à quelqu'un...

— Mais à moi, mon biquet, tu sais bien que tu peux tout dire !

— Oh, non, surtout pas !

— Tu crois que j'irais le répéter ? Mais à qui ?

— La question n'est pas là. Si tu voulais vraiment être gentille avec moi, le mieux que tu aurais à faire serait de ne pas me poser de questions. Je m'en pose bien assez moi-même comme ça. Je suis à un tournant de ma vie et de ma carrière, et je ne sais pas du tout de quel côté tourner. Alors, forcément, ça me fouette les sangs. Si tu veux tout savoir, il y a même des moments où je me demande si j'ai bien fait d'abandonner l'enclume. Mes horizons étaient limités, certes, mais j'étais tranquille. Aujourd'hui, mes possibilités sont tellement larges que ça me donne le vertige. Je t'en prie, Mémaine, sois gentille, ne me pose plus de questions sur ce qui s'est passé au Caire ces jours derniers. Je ne sais même pas si je dois le regretter ou, au contraire, si je dois remercier le ciel de m'avoir fait vivre ce rêve commun à tous les hommes, qu'ils soient ou non enclumiers. Tu vois, je crois que je t'en ai déjà trop dit. Nous allons prendre des billets pour retourner à Paris. Il y a trop longtemps que nous sommes loin d'Houilles...

— Je viens à peine d'arriver et tu parles déjà de repartir ?

— Tu sais, Le Caire, c'est bien surfait. Les pyramides, c'est tellement mieux au cinéma, sur un écran géant.

— Mon biquet, je ne suis pas venue jusqu'ici pour retourner à Houilles sans même avoir vu une ou deux curiosités locales. Le voyage coûte cher ; il faut en profiter.

— Au fait, qui t'a payé ce voyage ?

— Le colonel de Guerlasse, bien sûr ! Tu ne penses tout de même pas que c'est avec ce que je possède sur mon livret de Caisse d'Épargne que je pouvais m'offrir cette virée !

— Ainsi, c'est le colonel de Guerlasse qui a acheté le billet ? Bizarre... S'il était là, il ajouterait : « le grand bizarre du Caire ».

— Je ne vois pas pourquoi tu t'inquiètes. S'il a fait ça, c'est sans doute pour te faire plaisir, parce qu'il était content de toi.

— Avec les rapports que je lui ai envoyés, ça m'étonnerait...

— Dis, mon biquet, puisque tu ne veux pas que nous allions aux pyramides, pourquoi on ferait pas une promenade en bateau sur le Nil ? Ce serait chouette, ça nous rappellerait les bateaux-mouches, à Paris. En venant de l'aéroport, j'ai aperçu un coin qui ressemblait à l'île de Puteaux.

— Fallait le dire puteaux ! Excuse-moi... plutôt. Mais comme il n'est jamais trop tard pour bien faire, c'est d'accord, allons-y.

⁂

Nicolas et Mémaine arrivèrent à bon port et montèrent à bord d'un bateau qui était presque désert. L'embarcation prit aussitôt le large. Ils regardèrent autour d'eux et s'aperçurent qu'il n'y avait qu'un autre passager sur le pont : un derviche tourneur.

— Qu'est-ce qu'il a à tourner comme ça, celui-là ? demanda Mémaine.

— Il tourne parce que c'est un derviche tourneur, répondit Nicolas, qui ne manquait pas de culture et de sens logique.

— Qu'est-ce que c'est, un derviche ?

— C'est une espèce de curé mahométan.

— À quoi tu vois qu'il est curé, mon biquet ?

— Tout à l'heure, il fera la quête.

— C'est marrant, chaque fois qu'il tourne, le soleil s'accroche dans ses yeux. Ah, j'ai compris ! Ton derviche tourneur a un monocle !

— Tu te trompes, Mémaine. Ce reflet du soleil, c'est un bout de son auréole. Les derviches sont des saints. Et puis, change de conversation. Je ne t'ai pas payé cette balade pour regarder tourner un derviche, mais pour admirer le paysage.

— Et pourtant, il tourne. Nicolas, tu as vu la tête du commandant de l'embarcation ?

— Il a un monocle, lui aussi ?

— Non. Regarde-le bien. Tu ne le reconnais pas ?

— J'ai vaguement vu cette tête-là quelque part. Je crois même que c'était mon chauffeur quand j'ai débarqué avec… Enfin, bref, c'est bien fini, ne revenons pas là-dessus. Tu sais, Mémaine, tous les Égyptiens se ressemblent !

— Je te dis que je l'connais, mon biquet ! C'est lui qui m'a enlevée, à Paris ; c'est Zorbec Legras !

Au moment où elle prononçait son nom, l'agent double se retourna, le sourire carnassier, et dit simplement :

— Bravo, mademoiselle Mémaine, vous avez une excellente mémoire !

— Nicolas, j'te l'avais dit ! Il faut faire quelque chose !

Le compagnon de Mémaine, qui s'apprêtait à bondir sur Zorbec Legras, fut arrêté dans son élan par le lüger que son kidnappeur braqua vers son ventre, avant d'ajouter :

— Monsieur Leroidec, je crois, au contraire, qu'il serait sage de votre part de ne rien faire. Vous êtes entièrement à ma merci. Si vous n'acceptez pas de rester bien tranquilles jusqu'à ma villa, où nous aborderons dans quelques minutes, je serai obligé de vous bâillonner, puis de vous ligoter. Que choisissez-vous ?

— Vous avez gagné, Zorbec, nous ne bougerons pas.

— Je n'en attendais pas moins de vous, monsieur Leroidec, après ce qui s'est passé sur *La Reine de Sabbagh* et à Alexandrie. Vous voyez ce que je veux dire ?…

— Je vois très bien. Ça s'appelle du chantage.

— Le vilain mot ! Vous connaissez mieux que moi le caractère emporté de Mlle Mémaine…

— De quoi il parle, mon biquet ?

— Rien, mon poussin bleu, je t'expliquerai.

— J'ai toujours été un chaud partisan de la paix des ménages, monsieur Leroidec. Je suis sûr que vous vous tiendrez tranquille. Toutefois, s'il vous prenait fantaisie de changer d'avis, j'aime autant vous prévenir tout de suite : le saint homme occupé à ses exercices de piété n'est autre que Wilhelm Fermtag.

— Tu avais raison, Mémaine, reconnut Nicolas. C'était un monocle, et pas une auréole.

— Fermtag, hurla Zorbec en direction de son associé, cessez de tourner comme ça, vous allez fiche mal au cœur à tout le monde !

— Je voudrais bien arrêter, Zorbec, mais maintenant que je suis lancé, je n'y arrive pas. Je suis comme une vieille vedette de cinéma : je ne peux pas m'empêcher de tourner.

— C'est bon, Fermtag, je prends la mitraillette et je compte jusqu'à trois.

— Ne tirez pas, Zorbec, je sens déjà que je ralentis.

— Je ne vous demande pas de ralentir, mais de vous arrêter !

— C'est impossible : je suis entraîné par la force vermifuge.

— Attention, Fermtag, j'arme la mitraillette !

— Je vous en supplie, Zorbec, ne tirez pas.

— Alors, faites quelque chose. Essayez, par exemple, de tourner dans l'autre sens !

— Ce n'est pas bête ce que vous dites là. Attention, je prends mon élan... Oh, j'ai failli me cogner ! Ça y est, je suis enfin arrêté !

— Il était temps ! Si je vous avais abattu comme un chien, je me serais retrouvé dans de beaux draps au moment où j'aurais eu besoin de vous.

⁂

Le bateau arriva devant l'embarcadère particulier de la villa louée par Zorbec Legras. Nicolas et Mémaine se retrouvèrent enfermés dans la même chambre.

— Leroidec n'a pas été très heureux de retrouver Mémaine. Dans cette situation, son moral va en prendre un coup, expliqua Zorbec, le sourire triomphant, à son abominable associé.

— *Ach, so ?* Vous croyez que Nicolas est toujours amoureux de Wanda ?

— Naturellement. Tous les hommes sont amoureux de Wanda.

— Pas moi, Zorbec !

— Oh, vous !...

— Comment ça, oh, moi ? Vous voulez dire que je ne suis pas un homme, Zorbec ? Faites attention ! Autrefois, à Berlin, je me suis battu en duel avec mon meilleur ami pour beaucoup moins que cela.

— Si c'est lui qui vous a fait cette grande balafre, vous avez eu tort d'être aussi susceptible.

— Je ne suis pas susceptible, Zorbec, puisque je travaille avec vous. Mais je possède tout de même un sens de l'honneur qui m'oblige à exiger de vous des excuses immédiates. J'attends.

— Fermtag, vous n'êtes pas un homme, mais un monstre. Ça vous va, comme ça ?

— *Danke schön*, comme ça, ça va. Bon, je vais aller préparer la baignoire.

— Je vous rappelle, mon petit Wilhelm, que je suis le seul à décider de la conduite à tenir.

— Je ne comprends pas. Vous aviez parlé de lavage de cerveau. Pour bien laver, il faut une baignoire !

— Je tiens tout d'abord à avoir une conversation sur le mode amical avec Nicolas Leroidec. D'après les renseignements que j'ai pu recueillir, il cherche depuis longtemps à vendre le microfilm du Biglotron.

— Et cependant, il voulait le donner à la comtesse. Il n'avait pourtant rien eu en échange.

— Ah, vous croyez ?

— Je veux dire : si peu de chose.

— Fermtag, je vous en prie, ne parlez pas de ce que vous ne connaissez pas. Donc, Nicolas s'est déjà adressé à divers agents. Je suis mieux que les autres, mais je demeure quand même l'un d'entre eux. Il n'y a donc aucune raison que je ne joue pas le jeu avec lui, afin de connaître la version qu'il donnait sur la provenance de ce microfilm. C'est seulement ensuite que je ferai appel à votre baignoire et à vos talents pour connaître la vérité.

— Très bien, Zorbec. Mais, croyez-moi, ne perdez pas trop de temps en bavardages inutiles.

— Ne soyez pas impatient, mon petit Wilhelm. Je vous jure que vous aurez votre petite séance d'hydrothérapie...

*

Zorbec Legras ouvrit la pièce où Nicolas et Mémaine se trouvaient enfermés à double tour, et s'adressa à l'enclumier :

— Monsieur Leroidec, je vous prie tout d'abord d'excuser la manière un peu brutale – mais seulement en apparence – avec laquelle je suis entré en contact avec vous. Mais je tenais absolument à ce que nous ayons ensemble une conversation sérieuse. Comme je suppose que mademoiselle, ici présente, n'est pas au courant de toutes vos activités et que, dans ce genre de tractations, il est indispensable de s'entourer d'un certain nombre de précautions, je suis sûr que vous ne m'en voudrez pas, chère

Mémaine, de vous enlever encore une fois, si je puis dire, Nicolas Leroidec pendant quelques instants.

— C'est ça, Mémaine, ajouta Nicolas, visiblement soulagé. Regarde des illustrés. Je vais causer avec monsieur. Je n'en ai pas pour longtemps.

*

— Ici, nous serons tranquilles. Asseyez-vous, monsieur Leroidec.

— Vous êtes trop aimable, mon cher Zorbec.

— Vous accepterez bien un cigare ? À moins que vous ne préfériez les cigarettes égyptiennes.

— Je vais prendre un cigare. Ça fait plus sérieux.

— Vous avez raison, car nous avons à parler très sérieusement. Comment va le colonel de Guerlasse ? Il y a longtemps que vous avez eu de ses nouvelles ?

— Mémaine m'en a apporté des toutes fraîches. Il se porte toujours bien. Solide comme un chêne, droit comme un *i*, le sourire ironique aux lèvres et le calembour en bandoulière.

— Vous l'aimez bien, le colonel de Guerlasse, monsieur Leroidec.

— Naturellement que je l'aime bien, ce cher colonel !

— Alors comment se fait-il que vous le trahissiez ?

— Je le trahis, moi ?

— Naturellement, puisque vous vouliez donner le microfilm à la comtesse Wanda.

— Je devine votre jeu, mon cher Zorbec... Vous voulez me faire tomber dans un piège et me faire avouer ce que je ne veux pas dire.

— Répondez à ma question, je vous prie : vouliez-vous, oui ou non, donner ce microfilm à la comtesse Wanda ?

— Ceci est un épisode de ma vie privée qui ne regarde que moi.

— Quand on mêle le Biglotron à sa vie privée, il faut s'attendre à s'entendre poser certaines questions. Comment se fait-il, je vous le demande une fois de plus, que malgré tout l'affectueux respect que vous portez au colonel de Guerlasse vous ayez tenté de vendre ces plans ?

— Le colonel ne sait pas que je vends ces plans. Je pense même qu'il ne serait pas très content de l'apprendre, répondit Leroidec en regardant Zorbec droit dans les yeux.

— Donc, vous le trahissez, c'est bien ce que je disais. Avez-vous réfléchi aux conséquences de votre conduite ?

— Pendant des nuits entières.
— Quel est le résultat de ces méditations ?
— Cela ne vous regarde pas.
— Et que feriez-vous, cher et discret Nicolas, si j'allais raconter à la charmante Mémaine le détail de votre aventure avec la belle et capiteuse comtesse Wanda ?
— Vous recommencez avec votre chantage ! Décidément, il n'y a pas moyen d'être tranquille cinq minutes. Que voulez-vous savoir ?
— Tout !
— Soyez plus précis, je vous en prie, Zorbec. Vous voulez connaître des détails intimes sur mon idylle avec la comtesse ou les raisons pour lesquelles je vends les plans du Biglotron ?
— Soyons sérieux et commençons par le Biglotron. Nous reviendrons ensuite sur ces autres détails, mais à titre de simple curiosité, voire de comparaison. Pourquoi voulez-vous vendre les plans du Biglotron ?
— Pour me faire de l'argent de poche, pardi ! C'est que ça vaut cher, ce truc-là ! Et comme, justement, mon appartement d'Houilles est à vendre, je me suis dit comme ça que ça faciliterait rudement cette transaction immobilière.
— Et vous n'avez jamais pensé au côté malhonnête de cette affaire ?
— Oh si ! Des nuits entières, je vous dis. Tenez, monsieur Zorbec Legras, quand j'étais enclumier... car il faut vous dire qu'avant de faire du renseignement je faisais de l'enclume...
— Ne vous fatiguez pas, je connais cet épisode de votre biographie.
— Vous ne savez pas tout, et c'est pour ça que vous vous posez des questions qui n'ont pas lieu d'être. Un jour, à la sortie du métro Richelieu-Drouot, où j'avais l'habitude de vendre mes enclumes, je trouve par terre, dans un papier journal, trois millions de francs en billets de banque. Vous n'imaginez pas tous les ennuis que j'ai eus en les rapportant au commissariat. Il y a un des flics qui disait comme ça que j'étais certainement le complice du hold-up. Faut vous dire aussi que les billets venaient d'être volés à un caissier de la banque des yeux. Croyez-moi, j'ai vite compris qu'on avait intérêt à ne pas mettre tous ses yeux dans le même panier. Je suis resté en garde à vue pendant vingt-quatre heures ! Je me suis juré que la prochaine fois que je trouverai une somme d'argent, ni vu, ni connu, je t'embrouille, je me la garderai pour moi.
— Vous n'allez tout de même pas me dire, monsieur Leroidec,

que vous avez trouvé le microfilm représentant les plans du Biglotron sur les marches de l'escalier qui mène au métro Richelieu-Drouot !

— Non, bien sûr. C'était seulement une image pour vous faire comprendre ce qui s'est passé en moi au moment où je suis entré en possession de ce document. Je m'apprêtais à aller le rendre au colonel de Guerlasse quand je me suis souvenu des trois millions du hold-up. Je ne voulais plus avoir cette sorte d'ennuis.

— Parce que vous croyez que, jusqu'à présent, vous n'avez pas eu d'ennuis ?

— Oh, si, et de toutes sortes ! Mais que voulez-vous ? On n'a rien sans peine. Et l'homme doit gagner son pain à la sueur de son front. Pour moi, il n'y a pas de différence entre sueur honnête et sueur malhonnête : c'est toujours de la sueur.

— C'est ça ! Et ta sueur ? comme dirait le colonel.

— Qu'entendez-vous, cher monsieur Legras, par cette interjection familière ?

— J'entends qu'il y a dans votre histoire plusieurs points obscurs, voire quelques invraisemblances.

— Vous m'étonnez ! Un gars qui a besoin d'argent, ça vous paraît invraisemblable ?

— Ce qu'il y a d'invraisemblable, mon cher Leroidec, c'est le fait suivant : vous avez en main un microfilm qui représente – pour les connaisseurs du moins – une véritable petite fortune. À la suite d'un long et douloureux débat de conscience, vous décidez d'exploiter cette petite fortune. Qu'est-ce que vous faites, alors ? Vous allez courir à gauche, à droite, vous passez des frontières, vous voyagez. Et puis vous dépensez de l'argent et entrez en contact avec différents agents. En revanche, vous ne pensez pas à vous adresser au plus connu, au plus sérieux et au plus capable de tous les hommes du renseignement...

— Je ne vois pas du tout à qui vous faites allusion.

— Mais à moi, Leroidec ! Regardez tout le temps que vous avez perdu. Pourquoi n'êtes-vous pas venu me trouver tout de suite ?

— La réponse est simple : je n'avais pas votre adresse, monsieur Legras.

— J'ai mes bureaux aux Champs-Élysées, et tout agent secret digne de ce titre le sait parfaitement. Cette simple démarche vous aurait évité tous ces frais, sans compter les miens. Car vous pensez bien, maintenant, que je ne vais pas pouvoir vous donner, contre ce microfilm, autant d'argent que si nous avions eu, voilà quelques mois, un contact direct à Paris. Je crains que le montant du chèque au porteur que je suis prêt à vous signer soit un peu juste pour acheter l'appartement d'Houilles.

— Ça ne fait rien, j'irai à Houilles 2 !

— Puisque vous avez réponse à tout, monsieur Leroidec, expliquez-moi comment ces plans sont entrés en votre possession.

— C'est toute une histoire qui serait beaucoup trop longue à vous raconter.

— Mais je vous en prie. Nous avons tout le temps.

— Vous, peut-être, mais pas moi. J'ai hâte de terminer cette affaire et de rentrer à Paris. J'avais demandé au colonel un congé de maladie que je suis parvenu à faire prolonger plusieurs fois, mais je ne peux pas aller plus loin. Il risque de finir par se demander si mon départ n'a pas un rapport quelconque avec la disparition du microfilm.

— Au fait, quelle a été la réaction du colonel quand il s'en est rendu compte ?

— Comment voulez-vous que je le sache, puisque j'étais parti pour Interlaken, où se tenait un congrès international des espions professionnels ?

— Je l'admets. Un point encore, mon cher Leroidec. Avec Wanda, il n'était pas question de l'appartement d'Houilles. Vous étiez prêt à lui en faire cadeau.

— Certes, mais parce qu'elle m'offrait en échange ce que vous ne pourrez jamais me donner, malgré votre bonne volonté et votre longue expérience d'agent secret : la tendresse et la compréhension. Je n'ai pas envie de parler de cela, la blessure est loin d'être cicatrisée. Soyons précis, monsieur Legras. Je suis là, vous aussi, et j'ai le microfilm. Vous me faites un petit chèque, et tout est bien qui finit bien.

— Doucement, Leroidec. Avant de payer, j'aime voir ce que j'achète.

— Et moi, j'aimerais bien voir la couleur de votre petit chèque. Enfin, quand je dis « petit », c'est une façon de parler. Le Biglotron, ce n'est pas de la tarte ! C'est même quelque chose, et le professeur Slalom Jérémie Ménerlache, c'est quelqu'un ! Inutile, donc, d'avoir la main paresseuse pour inscrire les zéros. Même si, comme dirait le colonel, les zéros sont fatigués.

— Et moi, je suis épuisé de vous entendre parler inconsidérément. Cessons ce bavardage stupide, et dites-moi la vérité : comment êtes-vous entré en possession de ce microfilm ?

— Qu'est-ce que ça peut bien vous faire ?

— C'est très important pour moi.

— Vraiment, monsieur Legras, vous faites des embarras pour

rien. J'ai le microfilm. N'est-ce pas l'essentiel ? Qu'importe, après tout, la manière dont je l'ai obtenu ? Le secret professionnel, ça vous dit quelque chose ?

— Monsieur Leroidec, vous jugerez peut-être ma question stupide, mais ça ne m'empêche pas de vous la poser. Est-ce que, par hasard, ce ne serait pas le colonel lui-même qui vous aurait demandé de vendre ce film ?

— Quelle idée saugrenue ! Pourquoi aurait-il fait ça ?

— Tout simplement pour nous lancer sur une fausse piste, voyons ! Cher ami, essayez de comprendre : vous jouez, en ce moment, votre dernière chance : si vous refusez de me répondre, je vais demander à Wilhelm Fermtag de s'occuper de vous.

— Fermtag ! Voulez-vous que je vous dise, monsieur Legras : il est plus bête que méchant.

— Il est très bête, en effet, ce qui ne l'empêche pas d'être capable d'une méchanceté sans limites.

— Il ne me fait pas peur !

— Nous en reparlerons plus tard. Quand vous regretterez ces paroles bien inconsidérées...

*

Zorbec Legras se leva sans ajouter un mot, quitta la pièce et donna deux tours de clé à la porte. Il rejoignit Wilhelm Fermtag et lui donna son feu vert pour rejoindre Nicolas Leroidec.

— *Ach, so !* Tout de suite ! Le temps de faire couler un bain !

Vingt-quatrième épisode

Le supplice des petits pois

Quelques minutes après, dans la villa où régnait un calme provisoire, un hurlement se fit entendre. Ce cri ressemblait à celui de l'oiseau du désert qui lance sa longue plainte du soir. Il fut aussitôt suivi d'un claquement de porte, et Fermtag surgit devant Zorbec, une main sur le visage.

— Je suis *kaputt* ! Leroidec m'a envoyé une enclume dans l'œil, et mon monocle est cassé.

— Je ne vous félicite pas, Fermtag, éructa Zorbec. Même pour ça, vous êtes maladroit. C'est pourtant un travail que vous aimez.

— Je ne pouvais pas supposer qu'il avait une enclume sur lui. Et dans l'œil, croyez-moi, ça fait mal !

— Prenez un autre monocle et retournez vous occuper de lui, et plus vite que ça ! Et puis, arrêtez de hurler pour une malheureuse petite enclume !

— J'y vais de ce pas. *Ach, so !* Il va comprendre sa douleur.

*

Wilhelm Fermtag, la bave aux lèvres, revint vers Nicolas et lui envoya, sans attendre, une volée magistrale. Un peu sonné, l'enclumier eut néanmoins le réflexe de répondre :

— Eh bien, mon gaillard, quand tu cognes, tu n'y vas pas de main morte.

— C'est vous qui avez commencé en me lançant cette enclume au visage !

— Je t'en prie, le frizou, ne déforme pas la vérité. Tout à l'heure, j'ai tout de suite compris que tu t'approchais de moi avec des sentiments inamicaux. Je me suis donc naturellement défendu avec ce que j'avais sous la main. Ce n'était pas une raison pour me sonner comme ça ! Avec toi, c'est du scaferlati supérieur, du caporal d'exportation !

— Leroidec, ce compliment me va droit au cœur.

— Ce n'est pas la peine de retrousser tes manches. Je commence à en avoir ma claque de te servir de punching-ball. Trouve autre chose : ça devient monotone.

— Je ne demanderais pas mieux que de m'arrêter...

— Ne te gêne pas, alors : arrête-toi !

— Pour cela, il faut que vous me disiez la vérité. Comment vous êtes-vous procuré ce microfilm qui représente les plans du Biglotron ?

— J'ai déjà répondu à ton singe que ça ne vous regardait pas.

— Alors, dans ces conditions, je ne peux pas m'arrêter...

*

Pour épargner aux lecteurs sensibles de trop cruels détails, nous passerons rapidement sur ces heures qui furent pourtant, pour Nicolas Leroidec, les plus longues de son existence. Dans le domaine de la torture, Fermtag, les yeux brillants et les narines frémissantes, ne manquait visiblement pas d'imagination. Inter 18-29, à la limite de l'évanouissement, finit par se retrouver dans la cave de la villa, couché sur une paillasse. Wilhelm Fermtag brancha un magnétophone destiné à lui tenir compagnie, ferma la porte à double tour et retrouva Zorbec pour lui faire son rapport.

— Je ne comprends pas la présence de ce magnétophone, Wilhelm. Vous imaginez qu'il va se mettre à parler comme ça, tout seul et tout haut ?

— *Nein*, Zorbec. Cette machine est destinée à l'empêcher de dormir. La bande magnétique répète toujours la même chose.

— Si je comprends bien, vous voulez l'abrutir complètement ?

— Je veux détruire sa personnalité. C'est ça, le lavage de cerveau !

— Et vous, Wilhelm, combien de lavages de cerveau avez-vous subis ?

— Je ne comprends pas ce que vous voulez dire.

— C'est bien ce que je pensais...

*

Cinq heures plus tard, les deux abominables descendirent à la cave afin de mesurer la réussite du lavage entrepris sur le cerveau de Nicolas Leroidec. Poussant le petit judas pratiqué dans une lourde porte byzantine, ils purent, tout à loisir, observer les réactions d'Inter 18-29 pendant que la bande du magnétophone déroulait les propos suivants :

« ... Souvenez-vous que le plus cher n'est pas toujours le meilleur... C'est normal, c'est normand... Avec le verre, vous êtes tranquille... On a toujours besoin de petits pois chez soi... Une montre fait toujours plaisir... »

— Ce n'est pas humain, dit Zorbec, peu enclin, habituellement, à des sentiments de pitié.

— Non, mais c'est terriblement efficace, répliqua Fermtag, visiblement ravi de sa méthode.

*

Le défilé de slogans publicitaires bien connus des auditeurs et des téléspectateurs se poursuivit pendant vingt-quatre heures. En dépit d'une résistance méritoire, Nicolas Leroidec commença, au début de la vingt-cinquième heure, à donner des signes d'impatience et se mit à crier :

— Assez, je vous en supplie, arrêtez ça ! Plus de petits pois normands dans les montres en verre, c'est pas normal ! Monsieur Zorbec, je suis prêt à me mettre à table... mais sans petits pois. D'accord, je suis le pigeon, vous m'avez eu, mais plus de petits pois... Quand je pense qu'il y a des gens qui paient pour entendre des trucs comme ça à domicile !!! Je suis en train de devenir fou. Mon cerveau se rapetisse comme... comme... ah, non !!! Pas comme un petit pois ! C'est pas normal, j'suis pas normand... Et vive la Bretagne ! Ils ont des petits pois ronds, vivent les Bretons ! Monsieur Zorbec, je vais tout vous dire, mais arrêtez les petits pois !

La porte s'ouvrit et Zorbec Legras apparut, prêt à recueillir le fruit des efforts de Wilhelm Fermtag.

— Vous voyez, monsieur Leroidec. Si vous aviez parlé bien gentiment quand nous avons bavardé, très amicalement, dans mon salon, nous n'en serions pas là. Ai-je bien compris vos propos ? Êtes-vous maintenant décidé à parler ?

— Oui et non.

— Votre réponse est bien étrange, monsieur Leroidec.

— C'est normal, c'est normand !

— Comment êtes-vous entré en possession du microfilm ?

— En allant acheter des petits pois.

La réponse d'Inter 18-29 semblait sincère, et Zorbec se demanda si Fermtag, toujours enclin à faire du zèle, n'avait pas un peu forcé la dose.

— *Nein*, Zorbec. J'ai fait le strict minimum. Les téléspectateurs américains supportent dix fois plus !

Visiblement épuisé, Nicolas se mit à fondre en larmes.

— Je veux revoir ma Normandie entièrement peuplée d'anormaux et d'invertis de tous les sexes, hoqueta-t-il entre deux sanglots. Je hais la Normandie… Je ne peux plus la sentir… Voulez-vous que je vous dise : j'ai perdu la bataille de Normandie.

— Moi aussi, mais je n'en ai pas fait tout un drame, murmura Fermtag, le monocle soudain humide.

— Je vous en prie, donnez-moi un verre, implora Leroidec.

— Parlez d'abord, et vous boirez ensuite, lui répliqua Zorbec.

— Je ne peux pas, monsieur Legras. J'ai la bouche entièrement tapissée de petits pois…

Se souvenant de Victor Hugo, Zorbec dit à Fermtag :

— Donnez-lui tout de même à boire…

La gorge et l'œil humides, Nicolas accepta de répondre à Zorbec. Parlant sans souffler un instant, de peur de prendre conscience de sa trahison, il dit tout, et le reste… Il avoua qu'Eugène, un éboueur parisien en tenue de travail, lui avait donné ce microfilm. Il précisa que derrière ce pseudonyme se cachait le colonel de Guerlasse en personne.

— Il m'a confié ce document avec mission de le vendre à l'étranger.

— Je comprends tout, murmura Zorbec. Ces plans sont donc faux ?

— Tout à fait exact, monsieur Legras. Mais ils sont tellement bien imités qu'on dirait des vrais.

— C'est très clair, mon cher Nicolas… Mais dites-moi, une simple question à vous poser : où sont les vrais ?

— Tout simplement dans le coffre-fort blindé du SDUC.

— Parfait, conclut Zorbec, soudain tout sourires. Le coffre-fort blindé, je m'en charge… de cavalerie, comme dirait le colonel.

Vingt-cinquième épisode

Une dépression nerveuse atmosphérique

Pendant ce temps, toujours sans nouvelles de Nicolas Leroidec, en qui il avait pourtant placé tous ses espoirs, le colonel de Guerlasse arpentait son bureau de long en large, puis de large en long, et monologuait à haute voix tremblotante :

— Ô rage, ô désespoir, ô funeste destin,
Qui ainsi as voulu que je me décarcasse,
Que je passe des jours, des nuits et des matins
Sans beurre et sans brioche, et aussi sans mélasse
Pour enfin mettre au point le fruit de mon esprit,
L'opération grandiose issue de ma cervelle
Qui a nom « Tupeutla », l'opération sans prix,
Destinée à garder à la France éternelle
Son standing intégral, son prestige inviolé !
Qu'en est-il advenu, de cette tâche immense,
Objet de tant de soins et d'espoirs envolés ?
Où donc est Leroidec, mon homme de confiance ?
Qu'est-il donc devenu ? Où est-il ? Où court-il ?
Pourquoi cet absolu dans ce cruel silence ?
Ah ! Que ne suis-je assis à l'ombre du persil,
Pour cuver ma rancœur et ma désespérance !

Célestine Troussecotte, entrée encore plus discrètement que d'habitude dans le bureau de son « cher Hubert », avait écouté cette tirade improvisée et ne put s'empêcher d'applaudir.

— C'est beau, mon colonel ! s'exclama-t-elle. C'est même grand comme l'Antique. Vous préparez le concours d'entrée au Conservatoire ?

Pris dans son délire, le chef du SDUC ne reconnut pas cette voix familière, et continua de déclamer :

— Qui parle ? Qui m'appelle ? Qui est donc le vandale ?
Qui vient troubler ainsi mon cœur endolori ?
N'aurais-je donc vécu que pour voir ce scandale,
Qui ruine à tout jamais l'avenir du pays ?

— Mon colonel, vous me faites peur ! hurla la fidèle secrétaire. Je vous en prie, revenez à vous !

— Hein ? Quoi ? Qui parle ? Qui... Ah ! c'est vous, mademoiselle Troussecotte. Qu'est-ce qui se passe ? Qu'est-ce qui ne va pas ? Vous semblez décomposée comme un mouvement de maniement d'armes. Vous êtes souffrante ?

— Non, mon colonel. Je suis simplement émue et bouleversée par la tirade que vous venez de déclamer.

— Moi, j'ai déclamé une tirade ?

— Enfin... à l'instant même.

— Qu'est-ce que vous me chantez là ? Je suis quand même le colonel Hubert de Guerlasse, chef incontestable et incontesté du SDUC. Comment pourrais-je me comporter comme un histrion, un baladin, un baladeur, un balatrois, même ! Laissez-moi rire... pour ne pas avoir à en pleurer...

Le regard vide, les larmes aux yeux et la gorge serrée, le colonel continua sur un ton de tragédien, digne d'un comédien du Français :

— Serai-je donc toujours entouré d'ennemis
Attachés à ma perte et à ma déchéance ?
Ne connaîtrai-je plus la chaleur d'un ami
Pour soutenir ma foi et châtier l'insolence ?

Le colonel se mit à tituber. Mlle Troussecotte se précipita,

— Mon Dieu, pardonnez-lui, il ne sait plus ce qu'il dit, murmura-t-elle. Mon colonel ! Par saint Martin du Trépomène, le voilà à présent qui pleure ! Au secours !

Entendant ces cris, l'adjudant Tifrisse se précipita et ne dissimula pas sa surprise en découvrant l'état dans lequel se trouvait le colonel.

— Par saint Romain de Guadeloupe – pas celui de la Martinique, parce que celui-là, alors – ... qu'est-ce qu'il a, mademoiselle Troussecotte ?

— Je ne sais pas, adjudant. Il divague, il déclame des vers, il extravague...

— Ah, ça alors, c'est pas croyable ! Il a l'air malade, très malade, même... Il doit avoir une fracture de l'estomac, ou une congestion militaire !

Au moment où l'adjudant Tifrisse s'approchait de sa gourde de rhum de la Guadeloupe pour tenter de ranimer le colonel, celui-ci revint à lui.

— Que m'est-il arrivé ? balbutia-t-il. J'ai complètement perdu les pédales, ou quoi ?

— Pas complètement, affirma respectueusement et réglementairement le brave et dévoué Tifrisse. M. Désiré Lavolaille et M. Narcisse Foltordu, les deux agents contractuels du service des dossiers en souffrance, qui avaient disparu, sont en effet revenus, même que...

— Désolé, Tifrisse, de m'être montré sous cet aspect ridicule. J'ai eu un coup de bambou.

— C'est parce que vous travaillez trop, mon colonel. Et puis, vous vous faites du mauvais sang.

— Tifrisse a raison, ajouta Mlle Troussecotte. Malgré votre légendaire résistance, vous êtes aujourd'hui à bout de nerfs.

— Moi, mon colonel, j'ai connu à Pointe-à-Pitre le commandant Lagloriette. Il travaillait tellement qu'il a fini par faire une dépression nerveuse atmosphérique.

— Merci de votre sollicitude, mon brave Tifrisse. Ça va beaucoup mieux, à présent. Mais, pour l'honneur du service, que personne ne sache que j'ai eu ce foutu moment de défaillance.

— Vous pouvez être tranquille, mon colonel ! s'exclama spontanément Mlle Troussecotte. Je vous jure que cette histoire ne sortira pas de l'arrondissement.

— Et moi, surenchérit Tifrisse, je serai muet comme un baril de rhum. Si jamais je dois en parler, je dirai simplement que vous avez été victime d'une crise de défaillance et porcelaine.

Hubert de Guerlasse regagna lentement son bureau, s'assit et fit le point de la situation, en parlant à haute voix devant une glace :

— Tifrisse a raison. Je me fais un de ces sangs d'encre ! Mais avouez qu'il y a de quoi ! Où en est l'opération Tupeutla ? Nous sommes en plein brouillard. Rien à l'horizon. Ciel bouché. Plafond bas. Dans ces conditions, comment voulez-vous qu'on s'écrie : « Haut les cœurs » ? Tifrisse, allez donc voir si l'on n'a pas reçu un message d'Inter 18-29.

— À vos ordres, mon colonel !

❊

Le colonel finit par se poser la même question que Jean Valjean dans *Les Misérables* : To faire or not to faire ? Il s'interrogeait encore quand Tifrisse jaillit dans le bureau, dans un état d'excitation extrême :

— Mon colonel, un message !

— Ah, enfin ! Donnez-le-moi vite. Mademoiselle Troussecotte, passez-moi mon décrypteur de poche… Voyons, voyons… le message codé dit : « Le contraceptif sera sous le paillasson, signé : M.A. », ce qui en clair signifie : « Je t'attends ce soir et on va s'en payer une bonne tranche, signé : Madeleine Alaquatre. » Mais qu'est-ce qui vous prend, Tifrisse ? Ce message ne m'était pas destiné !

— Je sais, mon colonel. Mais comme vous sembliez en attendre un avec beaucoup d'impatience, j'ai voulu vous faire plaisir en prenant le premier qui me tombait sous la main.

— Merci, adjudant, votre geste me touche beaucoup. Maintenant, portez ce texte à la grande blonde qui travaille au service du dépouillement spécial. Il doit lui être destiné. Et recommandez-lui de ma part de se faire dorénavant adresser ses messages personnels ailleurs que dans le service.

— À vos ordres, mon colonel. Mais vous m'empêcherez pas de penser que cette Madeleine Alaquatre, c'est une fille plutôt légère. Ah, si j'avais voulu ! Mais elle n'aime que le rhum de la Martinique. Alors vous pensez ! Avec elle, jamais !!!

*

Ce brave Tifrisse, c'est de l'or en barres parallèles, se dit le colonel après le départ de l'adjudant. Ça n'éclaircit pas la situation pour autant. Nous continuons de tourner en rond en nous heurtant le front aux angles aigus des quatre coins du cercle vicieux. Cela renforce le théorème de Marvejols, qui démontre que le carré est un triangle qui a réussi, ou une circonférence qui a mal tourné. Où aller ? Où diriger nos investigations ? Quelle piste suivre ? Je crois que j'ai une idée…

— Mademoiselle Troussecotte…

— À vos ordres, mon colonel.

— Il ne sert à rien de se torturer inutilement le cerveau jusqu'à en faire du cerveau rôti. J'ai donc pris une décision : nous allons, vous et moi, si toutefois vous êtes d'accord, passer un long weekend à Vazy-Monpote, en Normandie. Je connais là une charmante auberge, située sur les bords de la Scarole, qui porte pour enseigne le nom évocateur de : « Au Rendez-vous des Porte-bonheur ».

— J'accepte avec joie, mon colonel aimé. Je suis sûre que le calme et le repos vous aideront à trouver la solution.

— Le calme, sûrement. Quant au repos, il ne pourra être que celui du guerrier…

*

Au deuxième étage de l'auberge Au Rendez-vous des Porte-bonheur, une main frappa soudain à la porte de la chambre qu'occupait Hubert de Guerlasse. En attendant une réponse, l'adjudant Tifrisse – car c'était lui – se mit à disserter sur le geste, apparemment simple et quotidien, qu'il venait d'accomplir :

— Ici, je n'opère pas comme au SDUC, je frappe avant d'entrer. Là-bas, au SDUC, il faut entrer d'abord et frapper ensuite. Le colonel est très strict là-dessus. Je n'ai jamais très bien compris pourquoi, mais il doit avoir ses raisons. Il fait jamais rien sans raison, le colonel, et il a bien raison de ne pas avoir tort. Quoique, tout de même, pour l'instant, je ne sais pas s'il a raison de ne pas me répondre, mais moi, j'ai de bonnes raisons pour le voir immédiatement et sans tarder. Ça alors, je frappe encore et il ne répond toujours pas ! C'est plus fort que Félix, comme dit M. Théodore Burnouflette, qui est instituteur à Pointe-à-Pitre. Même qu'il en connaît, des choses, M. Théodore Burnouflette ! C'est pas comme cet ignorant de Spartacus Allélumignonne, qui est maître d'école à Rivière-Pilote, à la Martinique. Mais qu'est-ce qui se passe derrière cette porte ? S'il est pas là, il pourrait bien le dire ! Le concierge en bas m'a pourtant dit qu'il était là. Avec une dame, qu'il m'a dit comme ça ! Qui ça peut bien être ? Sans doute une dame top secret et ultra-confidentielle… Il répond toujours pas ! C'est peut-être pas correct, mais je vais aller coller mon oreille au trou de la serrure. Pourtant, on dirait bien qu'il y a du monde... Oh, et puis tant pis ! Ce n'est pas fermé à clé, j'entre. On verra bien !

*

Par respect pour la condition humaine et les parents d'élèves, il ne nous est pas permis d'apporter plus de précisions sur ce qui s'offrit à la vue de l'adjudant.

— Oh, pardon, messieurs les gendarmes, dit-il en refermant vivement la porte, car il avait du tact et le sens de l'opportunité.

Il entendit alors, enfin, la voix d'Hubert de Guerlasse :

— Qu'est-ce que c'est ? De quoi s'agit-il ? Pourquoi venez-vous me déranger ? Vous voyez bien que je suis occupé à travailler sur un dossier urgent.

— Je sais, mon colonel, mais il faut que je vous parle immédiatement. C'est encore plus urgent, et même très important et extrêmement grave.

— D'accord. Allez m'attendre dans le jardin. Le temps de remettre de l'ordre dans mon dossier, et je descends.

*

Conformément aux instructions de son supérieur hiérarchique, Tifrisse alla s'asseoir sous un barbouzier fleuri de fort belle apparence.

— Ah, ben ça, alors ! Le dossier, c'est Mlle Troussecotte ! Qui aurait pu penser ça, qui aurait pu s'en douter ?

L'arrivée du colonel interrompit ses interrogations :

— Qu'est-ce qui vous arrive, adjudant ? Et d'abord, comment m'avez-vous trouvé ? Quel est l'abruti qui vous a donné mon adresse ?

— Mais vous, mon colonel ! Et pourtant, vous n'êtes pas un abruti comme cet imbécile de Spartacus Allélumignonne. Il est un mauvais synagogue. C'est comme ça qu'on dit, je crois.

— Il vaut mieux dire « pédagogue ». Ça fait plus académique. Si vous saviez comme je suis fatigué ! J'ai passé la nuit à étudier l'opération Appendicite, avec Mlle Troussecotte, qui a bien voulu sacrifier son week-end pour venir travailler avec moi sur ce sacré dossier, dont les pièces du sommier sont particulièrement dispersées, quoique étant du ressort de ma compétence en la matière.

— Je comprends bien, mon colonel, mais il faut tout de même que...

— Vous avez raison, Tifrisse. Soyons brefs et allons droit au but : si vous êtes venu jusqu'ici, c'est qu'il y a urgence. De quoi s'agit-il, par Notre Dame de Bonne-Nouvelle ?

— C'est plutôt par Notre Dame de Mauvaise-Nouvelle que vous devriez dire : on a cambriolé le SDUC !

— Quoi ? Quand ? Comment ?

— Je l'ignore, mon colonel. Ce matin, Arminda, notre femme de ménage, s'est aperçue que votre coffre secret spécial blindé était ouvert... et vide !

— Par saint Antoine de Saindoux, saint Jean de Cayette et Notre Dame de Bunuel, c'est insensé ! Impensable ! Inadmissible ! Il n'y a pas trois semaines à perdre. Je vais récupérer Mlle Troussecotte... je veux dire, mon dossier, et on file. Départ dans cinq minutes. Et à tombeau ouvert ! Vous vous foutez de tout : du code, de la route, des feux et de leur sacré foutu bazar.

— À vos ordres, mon colonel.

Vingt-sixième épisode

Le triomphe de Zorbec Legras

Depuis son retour à Paris, le colonel de Guerlasse ne décolérait pas :

— Par les rotules de mon grand-père pendues aux olives noires du grenier ! Par les larmes de ma grand-mère qui se désespère de les voir se dessécher, l'impensable rejoint le possible, et l'impossible, la réalité. Mais bon sang de bon sang de 95 %, qu'est-ce que j'ai fait au ciel ? Qui m'a jeté l'anathème grec ou latin ? Quel sort m'ont jeté les harengs ? Et pourquoi ? Pour qui ? Comment ?

— Mon colonel, supplia Mlle Troussecotte, pour l'amour de moi si vous m'aimez un peu, et pour celui du lard si vous aimez le gras-double, je vous en supplie à deux genoux, en regrettant de ne pas en avoir un troisième : calmez-vous, reprenez-vous, vous allez vous rendre…

— Un Guerlasse ne se rend jamais !

— Laissez-moi terminer ! Je voulais dire : vous allez vous rendre malade, et moi aussi !

— Mademoiselle Troussecotte, vous rendez-vous compte de la situation, dit le colonel, en regardant sa (presque) fidèle secrétaire droit dans les yeux.

— Bien sûr : elle est épouvantable.

— Non, elle est désespérée, à un point définitif et impérativement catégorique.

— N'est-ce pourtant point vous, mon colonel, qui avez dit, « tant que l'espoir demeure au niveau de l'espérance, il n'y a pas lieu de désespérer » ?

— Je l'ai effectivement répété à de nombreuses reprises de trois minutes, comme on dit sur les rings. Cette formule est toutefois, à présent, sans valeur, puisque l'espoir est au niveau du néant, le néant au niveau du vide, et le vide dans mon coffre blindé qui contenait les plans du Biglotron ! Tout ce qu'il restait, c'était un minuscule morceau de verre...

— Rien n'est perdu, mon colonel.

— Peut-être, mais tout est volé, volatilisé, disparu ! C'est insensé ! Démentiel ! Le SDUC est déshonoré, et l'opération Tupeutla mise à je ne sais plus quel endroit ! Il ne me reste plus qu'une solution : le suicide par force d'autodisparition.

— Permettez-moi de vous faire remarquer que cette formule risquerait d'entraîner la mort. Et tout ce que vous en retirerez, c'est d'être traité de lâche et de fuyard devant vos responsabilités.

— Vous avez raison, comme toujours, ma chère Célestine. Il me reste à repasser tous les événements en revue et à souder entre eux les éléments disloqués. Appelez-moi tout le monde immédiatement. On va se remettre au travail !

*

Après avoir obtenu les aveux d'Inter 18-29, Zorbec Legras et Wilhelm Fermtag avaient quitté la somptueuse villa qu'ils avaient louée sur la rive gauche du Nil, laissant Nicolas et Mémaine enfermés dans la cave.

Vingt-quatre heures plus tard, des pas résonnèrent sur les marches de l'escalier menant à cette fameuse cave. La lourde porte s'ouvrit.

— Qu'est-ce que c'est ? Vous venez encore torturer mon Nicolas ? s'exclama Mémaine.

— Non, j'viens pour le gaz, répondit un employé vêtu de l'uniforme et de la casquette alors en vigueur au Caire. Profitant de cette arrivée providentielle, Mémaine sortit rapidement dans le couloir, entraînant Nicolas qui continuait de répéter, machinalement :

— C'est normal, c'est normand ! On a toujours besoin de petits pois chez soi...

Ils retournèrent à leur hôtel, où Nicolas reprit, petit à petit, conscience. Le risque était désormais derrière lui.

— T'es un homme libre ! s'exclama Mémaine histoire de remonter le moral à son biquet.

— Ça, c'est vrai ! Je suis libre d'aller me jeter dans le Nil avec une enclume autour du cou. Regarde... Zorbec Legras et Wilhelm Fermtag m'ont laissé les plans du Biglotron. C'est normal : grâce à moi, ils savent désormais qu'ils sont faux. Passe-moi des allumettes, Mémaine, tu vas voir ce que je vais en faire, de ces allumettes.

— Non, mon biquet, ne fais pas ça !

— Pourquoi ?

— J'sais pas. C'est une intuition. Et tu sais qu'elles ne me trompent jamais !

*

Dans son luxueux bureau d'un fastueux immeuble des Champs-Élysées, Zorbec Legras ne dissimulait pas sa joie.

— Cette minute marque enfin mon triomphe, mon petit Wilhelm. Je tiens dans ma main le sort du monde. Que se passe-t-il, Fermtag ? Nous avons gagné et vous ne riez point ?

— Zorbec, je sens à tout moment, dans vos propos, percer une abominable vanité qui m'empêche de rire. Et puis, il y a aussi cette légère blessure à la paupière de l'œil droit.

— Cela ne m'étonne pas ! Maladroit comme vous êtes, vous vous êtes encore égratigné avec votre monocle !

— Non, je l'ai laissé tomber, le soir du cambriolage. Depuis, on dirait qu'il ne s'adapte plus aussi parfaitement qu'avant.

— Peut-être est-il ébréché ? L'avez-vous regardé ?

— Comment voulez-vous que je regarde un monocle sans monocle ? Vous savez bien que j'ai un dixième de moins à l'œil droit.

— Alors, regardez-le avec l'œil gauche !

— *Ach*, Zorbec, vous savez bien que, chez les agents secrets, l'œil droit doit ignorer ce que fait l'œil gauche !

— Parlons de choses plus importantes, voulez-vous ? Avez-vous expédié toutes les circulaires ?

— *Natürlich*, Zorbec ! Tous les services secrets du monde savent que nous sommes en possession des plans du Biglotron.

— Parfait. Il ne nous reste donc plus qu'à attendre des offres intéressantes...

*

Quelques heures plus tard, l'huissier valétudinaire et ganté de blanc, qui veillait à la porte du bureau, entra et dit, avec la dignité qui faisait sa réputation :

— M'sieur Zorbec, il y a plusieurs personnes qui veulent vous causer. J'ai leurs cartes de visite, ils sont au moins une bonne trentaine.

— Merci, mon ami. Donnez-moi ce paquet, et faites-les attendre.

Après que l'huissier se fut retiré pour aller faire patienter les visiteurs, Zorbec ne parvint pas, une fois de plus, à retenir sa joie :

— Ils sont tous là ! Philip O'Clock, Harry MacLeggins, le faux pasteur Mount Vernon, de la CIA, Homard ben Abdallah ben Semoule, Paolo Meldici, Alfonso Biesalaise, Aristote Arnaclos, Hilda von Schwarzenbaum, Mazel Toïevitch... Ils sont tous là, à mes pieds ! Il en manque toutefois un seul, le plus important...

*

Zorbec décrocha son téléphone et composa le numéro de la ligne directe du colonel de Guerlasse. À l'autre bout du fil, il trouva Mlle Troussecotte.

— Allô, j'écoute... Oui... oui... attendez un instant, je vais voir s'il est là. Colonel, c'est Zorbec Legras qui prétend savoir où se trouvent les plans du Biglotron.

— Raccrochez !

La fidèle secrétaire obéit.

— Qu'est-ce que cela veut dire, Zorbec ? demanda Wilhelm Fermtag.

— Cela signifie que, la prochaine fois, ils répondront. Il faut se mettre à la place du colonel : il est terriblement vexé. Voilà un homme qui a mis sur pied une opération coûteuse pour nous faire prendre pour vrais des plans qui sont faux, et nous, grâce à la géniale intuition du grand Zorbec, nous mettons la main sur les vrais plans.

— Qu'allons-nous faire ?

— Attendre qu'il nous rappelle, ce qu'il ne manquera pas de faire. Croyez-en le grand Zorbec !

*

Dans le bureau du chef du SDUC, Mlle Troussecotte avouait son incompréhension à son colonel bien-aimé :

— Je sais bien que Zorbec Legras n'est pas un individu particulièrement recommandable. Mais qu'est-ce que cela pouvait vous faire, s'il était capable de vous rendre ces plans qui ont été volés ?

— Ma chère Célestine, le renseignement est une activité qui réserve bien des surprises, même à ceux qui l'exercent depuis longtemps. Si j'ai agi ainsi, c'est parce qu'il n'est pas question qu'un Guerlasse soit un jour bafoué par un Legras ! Je ne suis pas réactionnaire, je serais même plutôt ce qu'il est convenu d'appeler un homme ouvert aux idées nouvelles, mais il est des instants où, malgré moi, je ne peux m'empêcher de songer sans une certaine nostalgie à l'époque où l'on faisait bastonner les Zorbec Legras par son laquais.

*

Dans son bureau des Champs-Élysées, Zorbec restait songeur en examinant les cartes des plus grands agents secrets du monde, qui faisaient actuellement antichambre pour le rencontrer.

— Je ne vous comprends pas, s'étonna Wilhelm Fermtag. L'affaire est pourtant dans le couronnement !

— Qu'est-ce que vous avez voulu dire, Fermtag ?

— Comment, Zorbec, vous ne connaissez pas cette expression française ! Elle s'emploie pourtant tous les jours.

— Fermtag, n'ajoutez pas à ma nervosité, je vous en prie. J'enlève le cran de sûreté de ce mauser et vous somme de m'expliquer, même en français approximatif, ce que vous avez voulu dire.

— Mais comment voulez-vous que je traduise en français quelque chose qui est déjà en français ?

— Ça m'est égal. Je vous préviens, je compte jusqu'à trois...

— Ne tirez pas, Zorbec !

— C'est que, précisément, j'ai l'intention de tirer cette affaire au clair.

— Si vous me tuez, cela va salir votre jolie moquette et vous ne saurez jamais ce que veut dire « l'affaire est dans le couronnement » !

— Pas de chantage avec moi, Fermtag. De toute façon, il faut que je fasse changer la moquette. Alors, je commence à compter... Un... deux...

— Attendez, Zorbec ! *Ach, so !* Je crois que je me suis trompé un petit peu. Ce n'est pas « l'affaire est dans le couronnement » que j'ai voulu dire, mais « l'affaire est dans le sacre » !

— Mon vieux, vous avez évité le massacre de justesse ! Et puis, contrairement à ce que vous pensez, ce n'est pas le couronnement de ma carrière.

— Je comprends de moins en moins, Zorbec. Ils sont trente à vous attendre dans l'antichambre, depuis des heures. Regardez leurs cartes : le monde entier est à vos pieds !

— Il me manque le trente et unième, Fermtag ! Je ne recevrai personne avant d'avoir eu ici, en face de moi, le colonel de Guerlasse en personne. Et s'il ne vient pas à nous, nous irons à lui, pour mieux l'attirer ici. Voyons, voyons... Dans le renseignement, le plus court chemin pour aller d'un point à un autre reste la ligne oblique. Nous allons donc immédiatement prendre contact avec le révérend père Paudemurge...

*

Et ils firent comme ils avaient dit. Ce soir-là, les convives de La Tour d'Argent purent apercevoir, parmi la foule élégante des dîneurs, un étrange trio composé d'un homme d'affaires, d'un hobereau prussien et d'un ecclésiastique œcuménique. Treize magnums de dom-perignon plus tard, l'agent Pi R2 acceptait le principe de jouer les médiateurs auprès du colonel de Guerlasse...

*

Ce qu'il fit dès le lendemain matin... Enfin, un peu plus tard... quand il eut retrouvé ses esprits. Le chef du SDUC l'accueillit plutôt froidement :

— Ainsi, mon Révérend Père, pendant que nous étions tous plongés dans l'affliction la plus profonde après avoir mis nos espoirs en berne, vous, un homme d'Église, vous festoyiez en compagnie peu recommandable !

— C'est parfois parmi l'ivraie qu'il faut chercher le bon grain, mon colonel et fils.

— Certes, mais c'est dans l'ivresse qu'on trouve les bonnes cuites.

— N'imaginez pas ce qui n'a pas lieu d'être ! Je n'ai fait que tremper les lèvres dans les coupes qui m'étaient offertes, afin de ne pas désobliger mon hôte.

— Avec vous, mon Père, je sais ce que signifie l'expression « tremper les lèvres ». J'ai eu plusieurs fois l'occasion de vous voir à l'œuvre, et vous asséchez toujours le calice jusqu'à la lie, comme on dit dans les chasses à courre.

— Vous me parlez durement, mon fils. Vos reproches me trouvent effectivement à court d'arguments pour y répondre.

— Allons, mon Père, ne vous vantez pas. Cette humilité vous sied mal. Je vois à votre œil brillant que vous avez, apparemment, une grande nouvelle à m'annoncer.

— C'est exact. Pendant ces agapes que vous critiquez, la Divine Providence m'a mis sur le chemin d'une information de première bourre !

— Je vous écoute attentivement, bien qu'étonné que la Divine Providence puisse se manifester par la bouche fétide de Zorbec Legras.

— Tout me laisse à penser qu'il est en possession des plans volés dans votre coffre blindé.

— Les débris de verre m'avaient laissé supposer ce fait. L'analyse a démontré que ces fragments provenaient d'un monocle porté par un individu ayant un dixième de moins à l'œil droit. Le portrait tout craché, si j'ose dire, de Wilhelm Fermtag.

— Zorbec m'a laissé entendre qu'il était en possession de documents pour lesquels des services secrets étrangers lui avaient déjà fait des offres très intéressantes. Il a précisé que, pour l'instant, il vous laissait la préférence.

— C'est bien aimable de sa part. Il me fauche des microfilms et il a le culot de vouloir me les revendre ! Avez-vous abordé la question du prix ?

— J'ai bien essayé, mais il s'y est refusé. Il refuse tout intermédiaire et veut traiter directement avec vous.

— Eh bien, tant pis, je n'irai pas !

— Mon fils, vous n'y pensez pas !

— Vous n'avez pas compris qu'à travers cette démarche, Zorbec cherche avant tout à humilier ma personne, donc le SDUC, donc la France !

— Je n'ai pas l'étoffe d'un martyr, mais les circonstances sont graves. Que vous le vouliez ou non, je vais me permettre de vous donner un conseil.

— Souvenez-vous, mon Père, qu'il vaut toujours mieux se taire que de ne rien dire !

— C'est tout réfléchi. Il faut que vous traitiez avec Zorbec, et acceptiez ses conditions. Qui vous dit que la Divine Providence ne vous viendra pas en aide au moment où vous vous y attendrez le moins ?

— Quelles sont les conditions ?

— Il faut que vous vous rendiez seul, à pied, et sans escorte, au bureau de Zorbec, aux Champs-Élysées.

— Quelle humiliation ! Mais soit. Nous passerons, moi, un Guerlasse, par ses fourches Claudine, comme dirait Colette...

*

Et le colonel fit comme il l'avait promis. Deux heures plus tard, il pénétra dans l'ascenseur qui conduisait au 6e étage de l'immeuble fastueux où l'agent double avait ses bureaux. Il sonna, et l'huissier valétudinaire ganté de blanc le fit entrer dans l'antichambre avant de prévenir son patron de l'arrivée du chef du SDUC. Zorbec Legras ne put contenir sa joie :

— Depuis vingt ans, Fermtag, je ne vivais que dans l'attente de cette minute. L'impitoyable de Guerlasse, mêlé à la foule des petits espions de quartier, attendant humblement d'être reçu par le grand Zorbec !

— *Ach, so !* Je le fais entrer ?

— Pas encore, Fermtag. Laissez-moi finir mon havane en paix.

*

Malgré le ton assez libre qui a été le nôtre tout au long de ce récit, nous nous refusons, pour des raisons de sécurité évidentes, à rapporter en détail le long monologue du colonel Hubert de Guerlasse, tandis qu'il faisait antichambre. Sachez seulement que cet interminable soliloque constituait, à lui seul, une encyclopédie complète des jurons civils et militaires, français et étrangers. Nous passerons également sous silence le long échange d'amabilités qui eut lieu pendant les vingt premières minutes de l'entretien. Nous en arriverons ainsi, dès maintenant, à l'essentiel, c'est-à-dire au moment où le colonel lança enfin, d'une voix rude et mâle :

— Combien ?

— Vous savez, mon cher colonel, que je suis en possession de tous les rapports médicaux concernant l'état de santé réel de tous les chefs de services de renseignements. Je sais donc que vous n'êtes pas cardiaque. Toutefois, l'énormité du chiffre que je vais avancer nécessite un certain nombre de précautions. Alors, si vous le voulez bien, je vais commencer à écrire sur ce morceau de papier un seul chiffre. Nous ajouterons les autres ensuite, petit à petit...

— Quel est ce chiffre ?

— Dans le fond, il n'a pas beaucoup d'importance. Ce qui compte, c'est le nombre de zéros qu'on met après.

— Je vous en prie, Zorbec, finissons-en. Combien de zéros ?

— Vous me gâchez le plaisir... Enfin, d'accord. Disons... neuf zéros.

— Ça fait le milliard. Anciens ou nouveaux ?

— Vous plaisantez, j'espère. En dollars ! Et uniquement des petites coupures.

— Impossible !

— Dans ce cas, faites-moi une offre. Vous voyez qu'on ne peut être plus accommodant.

— Passez-moi votre feuille, Zorbec, que je barre quelques zéros. Tenez, voici mon offre !

— Comment ! 28 937,75 francs ? !

— C'est tout ce qui me reste en caisse. En anciens francs, naturellement. C'est mon dernier prix.

— Alors là, mon colonel, je regrette. Je vous avais donné la préférence, mais là, ce n'est pas possible. Même le Guatemala m'en offre davantage.

— Bien, dit le colonel d'une voix blanche, avant de se lever et de quitter le bureau sans ajouter une parole...

Vingt-septième épisode

La revanche du colonel de Guerlasse

À peine descendu de l'avion qui le ramenait du Caire, Nicolas Leroidec demanda à Mémaine de rejoindre leur petit appartement d'Houilles et d'attendre son retour.

— Je file au SDUC, précisa-t-il à sa compagne.

— Faut pas que tu t'attendes à une réception triomphale de la part du colonel, lui répliqua-t-elle.

— Je t'en prie, ne me retire pas le tire-bouchon dans le goulot. Il va probablement me passer un de ces savons qui font époque dans la vie d'un garçon de bain. Mais, après tout, je peux me présenter à lui dans la position de l'agent qui n'a rien à se reprocher !

*

En guise de savon, Inter 18-29 reçut plutôt une douche froide. Le colonel était en « opération de sortie » et Mlle Troussecotte refusa de lui donner le moindre rendez-vous.

— L'agenda du colonel est complet pendant les 366 ans à venir, lança-t-elle, glaciale, avant de tourner la tête pour se plonger dans un dossier urgent.

— Je vous rends quand même le microfilm que le colonel m'avait chargé de...

— Monsieur Leroidec, portez-le plutôt au bureau des objets sans valeur perdus. Si, dans un an et un jour, personne ne l'a réclamé, vous en serez l'heureux propriétaire. Vous pouvez disposer !

*

De retour au 84 *bis*, avenue du Général-Motors, à Houilles, Nicolas confia son dépit à sa fidèle Mémaine :

— Tu veux que je te dise ou tu veux pas que je te dise, Mémaine ?

— Mais oui, mon biquet, vas-y. Tu me trouveras toujours sur le chemin de l'écoute et de la compréhension.

— Tout ce que je peux te dire, pour l'instant, c'est que je ne trouve rien à dire. Ce qui ne signifie pas toutefois que je ne trouve rien à redire.

— Ça, c'est de la belle conclusion, mon biquet.

— Hélas, une conclusion n'est pas forcément une solution. Qu'est-ce qu'on va devenir, toi et moi, à présent ? Sans argent, sans avenir, sans soutien... Inter 18-29, c'est terminé, râpé, sucré, lessivé. J'ai le bonjour du SDUC. Adieu, bons baisers et au plaisir de ne jamais vous revoir !

— La sagesse, mon biquet, serait de repartir de zéro.

— Tu as sans doute raison. Dire que ça m'emballe de redevenir enclumier serait exagéré, mais il faut bien survivre...

— Allez, je vais t'aider à préparer ta collection. J'en ai pris soin pendant ton absence, tu sais !

— Oui, mais l'enclume, c'est comme la mode : ça évolue. Ma collection, elle doit plus être dans le vent.

— Il faudrait que le vent souffle vraiment très fort pour balayer des enclumes.

— Tu as raison, Mémaine. Le vent, autant en emporte le temps... comme dit le colonel. Ah, quand je repense à lui, ça me donne de la taxycardie. J'ai déçu cet homme qui m'avait donné sa confiance. C'est terrible !

— Arrête, mon biquet. Tout ça, c'est du passé.

— T'as raison. Je vais foutre au feu cette saloperie de microfilm.

— Non, Nicolas, ne fais pas ça... Conserve-le encore.

— Pourquoi ? Tu sais bien qu'il n'a aucune valeur. Il ne peut plus servir à rien, sinon à me rappeler un beau songe creux tombé en syncope.

— S'il te plaît, garde-le, rien que pour me faire plaisir. Et puis, on ne sait jamais...

*

Quelques jours plus tard, installé devant l'entrée du métro Réaumur-Sébastopol, Nicolas Leroidec attirait les chalands en vantant la qualité de sa marchandise :

— Approchez, mesdames et messieurs, venez découvrir mes enclumes. Elles sont jeunes et font rêver les forgerons, le soir, au fond des bois de lit...

— Combien, cette enclume ? demanda un quidam.
— Quatre francs le kilo… Ça fait 65 par 4, donc 260 francs.
— C'est pas donné.
— Je ne suis pas ici pour faire des cadeaux, mais pour gagner ma vie, cher monsieur.
— Elle est d'époque ?
— Je crois bien. Et d'époque néo-romantique, encore !
— C'est votre dernier prix ?
— Non, bien sûr.
— Voilà qui est raisonnable. Vous me la laissez à combien ?
— 320 francs.
— Mais vous venez de dire 260 !
— Vous m'avez demandé si c'était mon dernier prix : je tiens parole puisque je l'augmente de 60 francs !
L'éclat de rire qu'il déclencha autour de lui incita Nicolas à en rajouter :
— Approchez, mesdames et messieurs, et les autres aussi. Ici, l'enclume ! Les enclumiers parlent aux enclumes ! Qui veut de la belle enclume, irrétrécissable au lavage et imperméable au verglas ?
Constatant l'indifférence des passants à son encontre, il soupira et se dit, au fond de lui-même : Quel métier ! Je ne peux pas m'y refaire. Le cœur n'y est plus ! Ah, si Wanda me voyait ! Mais… ces deux types, là, qui s'amènent, le sourire sournois aux lèvres… Le Seigneur me désarçonne : on dirait les frères Fauderche.

C'étaient bien les jumeaux croisés du renseignement, soucieux d'apporter à l'ex-agent secret un soutien dont il fallait naturellement se méfier :
— On voulait vous dire qu'on est bien navrés de ce qui vous est arrivé dans cette malheureuse opération Tupeutla, n'est-ce pas, Jules ?
— Exact, Raphaël. Il a sûrement fallu qu'on vous fasse un vachement drôle de coup fourré.
— Entre nous, et sans curiosité malsaine, qu'est-ce qui a bien pu se passer ?
— Foutez-moi le camp, vous deux, et au trot attelé !
— Vous fâchez pas, m'sieur Leroidec, on tenait simplement à vous manifester notre sympathie sincère…
— Et nos condoléances émues…

*

Traumatisé par la dernière phrase de l'un des Fauderche – Jules ou Raphaël, on ne le saura jamais –, Nicolas Leroidec n'avait pas beaucoup dormi pendant la nuit suivante. Le matin, il s'était précipité à la fenêtre de l'appartement d'Houilles et n'avait pu retenir un cri :

— Regarde, Mémaine, ils sont tous là ! Dans la rue ! Devant la porte de l'immeuble ! Il y a même des CRS, des EDF, des P-DG, des PMU. Faut croire que je suis un personnage important ! Ils ont mis le paquet. Ils ont même barré les deux bouts de la rue avec des chars et des automitrailleuses.

— Tu crois vraiment, mon biquet, que tout ça, c'est pour toi ?

— À moins que ce ne soit pour protéger le bureau de tabac d'une attaque américaine !

— Te moque pas de moi, c'est pas marrant, tu sais.

— Excuse-moi, Mémaine. Je suis un peu nerveux. Avoue qu'il y a de quoi. Depuis l'instant où les frères Fauderche m'ont fait leurs condoléances émues, j'ai compris qu'ils voulaient m'avoir. Mais ça ne se passera pas comme ça, crois-moi ! On va mettre l'appartement en état de défense. Ça va être la maison des dernières cartouches... de cigarettes égyptiennes : les deux que j'ai rapportées du Caire. Ça va chauffer terrible ! Fumant que ça va être, tu entends, Mémaine ?

— Je t'en supplie, mon biquet, arrête ton cinéma. Qu'est-ce que tu peux faire contre eux ? Ils sont au moins une centaine !

— Ça ne me fait pas peur ! Ouvre la fenêtre ! J'te vas leur balancer toute la collection d'enclumes sur la tronche ! La plus petite pèse 80 kilos, ça va déjà leur faire un souvenir !

— Regarde, Nicolas, la police !

— Ça y est, ils vont donner l'assaut ! Je monte sur la grosse enclume... Voilà... Allez, Mémaine, viens me rejoindre.

— Voilà, mon biquet.

— Serre-toi bien contre moi, la main dans la main. Prenons une attitude fière et héroïque. On va leur montrer comment savent mourir les vrais purs : sur une enclume républicaine, et pour pas un rond ! Tu les entends, ils montent. Il n'y en a plus pour très longtemps.

Une voix se fit entendre. Les assiégés la reconnurent immédiatement : c'était celle du colonel de Guerlasse :

— Nicolas Leroidec, alias Inter 18-29, rendez-vous ! ordonna le chef du SDUC.

— À quelle heure ? hurla l'enclumier en guise de réponse.

— Pour la seconde et dernière fois, je réitère : Nicolas Leroidec, alias Inter 18-29, rendez-vous !

— Nicolas Leroidec digère mal mais ne rend jamais !
— Vous l'aurez voulu ! Allez, vous autres, enfoncez-moi cette damnée foutue porte !

Quelques secondes plus tard, le colonel pénétrait dans la pièce et découvrait Nicolas et Mémaine, serrés l'un contre l'autre, visiblement prêts à se battre jusqu'à la fin.
— Compliments ! Vous avez bonne mine, tous les deux, en naufragés de l'enclume ! Quittez cette attitude ridicule et descendez.
— Jamais !
— C'est un ordre !
— Je n'ai plus d'ordres à recevoir du colonel de Guerlasse.
— C'est exact. Mais votre devoir est celui d'obéir à celui donné par le général de Guerlasse !
— C'est pas pareil. En ce cas, j'obtempère.
— Parfait, Leroidec. Mettez-vous au port d'armes.
— Je n'ai pas d'arme.
— Alors, mettez-vous au port sans arme. Garde à vous, tout le monde.
Nicolas, le regard désespéré, trouva la force de se tourner vers sa compagne et lui lança, la gorge serrée :
— Adieu, Mémaine, on va me fusiller.
— Nicolas Leroidec, alias Inter 18-29, dit lentement le chef du SDUC, au nom du président de la République française, et en vertu des pouvoirs discrétionnaires qui me sont conférés... dans mes bras !
— Comment ? Vous ne me faites pas abattre, mon colo... mon général ?
— Si, bien sûr, mais sur mon cœur. Et vous aussi, charmante et dévouée Mémaine. Ce jour n'est peut-être pas le plus long, mais certainement le plus heureux de ma vie.
— Je ne comprends pas, balbutia Nicolas. Je tombe des nues.
— Vous n'en aurez que mieux les pieds sur terre, Inter 18-29. Pour les services exceptionnels rendus au pays, pour vos remarquables exploits, pour votre courage, pour votre dévouement, bref, pour votre totale et complète réussite dans l'opération Tupeutla, je vous fais commandeur de l'ordre du Mérite-une-Récompense.
— Mon colo... décidément, je ne m'y habituerai pas !... mon général, veux-je dire... ce n'est pas digne du grand chef que vous êtes de vous moquer ainsi d'un vaincu qui a tout de même droit aux honneurs de la guerre secrète.

— Je ne me moque pas, Nicolas. Sachez que vous n'êtes pas un vaincu, mais un vainqueur !

— Alors là, je réalise de moins en moins, et même pas du tout !

— Vous allez comprendre. Repos, vous autres. Écoutez-moi bien. Je vais vous faire, en raccourci, le rapport exact de l'opération Tupeutla. Elle consistait à égarer les services secrets étrangers qui commençaient à s'intéresser d'un peu trop près à l'extraordinaire complexe qu'est le Biglotron. Je décidai donc de confier à Nicolas Leroidec de faux plans dudit Biglotron, à charge pour lui de les vendre à une puissance étrangère, en les faisant passer pour des authentiquement vrais. Inter 18-29, avec une volonté d'aboutir à laquelle je me plais à rendre un vibrant hommage, a mené sa tâche à bien en conformité absolue avec les instructions que je lui avais données pour l'accomplissement de sa mission.

— Mais, mon colonel... J'ai avoué sous la torture, et...

— Ne m'interrompez pas, Leroidec. C'est vrai, vous avez révélé, sous la torture, l'endroit où se trouvaient les vrais microfilms, c'est-à-dire dans mon coffre blindé. Quelques jours après, il a été cambriolé, et les documents en question ont été subtilisés... conformément au plan que j'avais soigneusement établi. Je lis dans vos regards ce que je sais déjà : ces plans étaient cruels et impitoyables. Mais, dans notre dur métier, ces mots prennent une tout autre résonance. Et voici, maintenant, que sonne la minute de vérité : le faux microfilm confié à Leroidec ne l'était que soi-disant, car, en réalité, c'était le vrai.

Laissant passer le cri de surprise qui traversa soudain l'assistance, le chef du SDUC poursuivit :

— Je comprends votre ahurissement et arrive à la conclusion. Par voie de conséquence, ce sont les faux plans considérés comme vrais qui ont été volés. Et les vrais considérés comme faux, Leroidec les a rapportés. Exact, Nicolas ?

— Tout à fait, mon général.

— Bravo ! Vous n'avez pas mis longtemps à assimiler mes étoiles, lesquelles, je ne crains pas de le dire, vous valent une fière chandelle.

— C'est tout naturel, mon général. Voici le microfilm.

— Merci, et bravo encore, mon cher Leroidec. L'opération Tupeutla est une réussite absolue, en même temps que la victoire secrète du siècle. Mission accomplie. Terminé. Inutile, bien entendu, de vous recommander à tous la plus totale discrétion sur tout ce que vous venez d'entendre. Ainsi, grâce à ce sens du secret qui est, pour nombre d'entre vous, la vertu capitale, tout le monde sera au courant sous 48 heures ! C'est d'ailleurs sans importance. Les agents étrangers considéreront qu'il ne s'agit là que d'une nouvelle diversion et n'en croiront pas un mot. Maintenant, il s'agit d'arroser la victoire.

— Ça tombe bien, mon général, s'exclama Mémaine, j'ai une bouteille de grenache à peine aux trois quarts entamée ! Je vais faire le service.

— Merci, chère Mémaine. Et pour une fois, ce ne sera pas un service secret !

*

La fête battait son plein quand Nicolas Leroidec s'approcha du général de Guerlasse pour lui confier à l'oreille :

— Dommage que M. Maurice ne soit pas des nôtres en ce mémorable moment.

— Et pour cause, Inter 18-29, je vous le dis en confidence : M. Maurice a disparu !

— C'est pas possible !

— Ça ne l'est que trop ! J'en ai été averti par le président de la République en personne. Ordre inconditionnel est donné de le retrouver, mort ou vif, ou simplement évanoui dans la nature. L'opération Tupeutla est terminée, l'opération Psychose Toujours commence. Et savez-vous, Leroidec, à qui j'ai l'intention de la confier pour la mener à bien ?

— À vos ordres, mon général !

— Merci, Nicolas. Vous étiez déjà quelque chose. À présent, vous êtes vraiment quelqu'un !

FIN DE L'ÉPISODE

Librio
Le livre à 10 F

326

Composé à IGS-CP à Angoulême
Achevé d'imprimer en Europe
à Pössneck (Thuringe, Allemagne)
en mars 2000 pour le compte de E.J.L.
84, rue de Grenelle 75007 Paris
Dépôt légal : mars 2000

Diffusion France et étranger : Flammarion